Professor Kardamom
und das Mädchen mit dem weißen Halstuch

Karl Walther

Professor Kardamom
und das Mädchen mit dem weißen Halstuch

Kriminalroman

BOYENS

Alle Personen in diesem Roman sind frei erfunden. Ähnlichkeiten mit Lebenden oder Verstorbenen wären rein zufällig.

BOYENS
BUCHVERLAG

ISBN 978-3-8042-1239-8

Herstellung: Boyens Buchverlag
Umschlaggestaltung: Michaela Plett unter Verwendung eines Fotos von Horst-Dieter Landeck
Druck: Boyens Offset, Heide
Printed in Germany

Ein alter und ein neuer Fall

„Nichts ist heut wie gestern, Professor Kardamom."
„Sei ruhig, ich will nicht mit dir reden."
„Aber Liebster, wir reden miteinander. Du antwortest mir doch."
„Nein, ich antworte dir nicht. Wo um alles in der Welt sind meine Ohrenstopfen.
Siehst du nicht, ich lese Zeitung, den Schleiboten, einen interessanten Artikel.
Lass mich bitte in Ruhe!"
„Kardamömchen, ich habe einen neuen Fall für dich."
„Ich halt's nicht aus, ich halt's nicht aus, ich halt' dein ständiges Geflüster vor meinem Fenster nicht aus."

Kardamom griff nach dem Quertampen und setzte seine Hängematte in Bewegung. Er hoffte, sich auf diese Weise bis ans Fenster zu schwingen, es zu schließen, ohne Erfolg. So schwang die Hängematte nur heftig zurück über seinen weltlichen Besitz, eine gigantische Unordnung aus Büchern, Sammlungen alter Seekarten, einer komplizierten Plattenkamera auf schwerem Stativ. Zwangswege führten durchs Zimmer wie betonnte Schifffahrtswege durch gefährliche Fahrwasser. Auf Bücherstapeln lagerten Kaffeebecher mit Sud darin. Auf Aschenbechern jitzten ausgerauchte Pfeifen, ein Rest Tabaksrauch hing in der Zimmerluft.

Platz allein in der Giebelwohnung über dem Marktplatz der Schleistadt war im mittleren Luftraum, im Hängemattenraum. Der Platz unterhalb der Decke wurde von aufgespannten Wäscheleinen genutzt. An Klammern hingen nebeneinander Manuskripte und trocknende Wäsche.

„Es sind drei Männer getötet worden. Das kann dir doch nicht einerlei sein, Professor Kardamom, drei Männer, hörst du. Nur du, süßes Kardamömchen, Chefermittler, kannst die Schuld wiegen, die sich jemand aufgeladen hat. Ermittle, meine niedliche Ingwerschnitte.“

„Ich bin nicht niedlich. Ich bin nicht süß. Und vor allem: ich bin nicht mit dir verheiratet. Ich will nur eines, hörst du, ich will meine Ruhe. Ich will keinen neuen Fall. Das regt mich nur auf. Vor allem aber, Tilia, nenn mich weder Kardamömchen noch Ingwerschnitte. Alles ist eine Frage der Zeit. Fälle kosten Zeit. Ich habe keine Zeit. So, und nun will ich meine Zeitung zu Ende lesen.“

Kardamom wand sich aus der Hängematte und schloss das Fenster zum Marktplatz. Endlich war Ruh. Aber sie wiegte sich mit ihren Zweigen vorm Fenster im Wind, lockte verführerisch, eine hüftenwiegende Bauchtänzerin, Tilia cordata.

Professor Kardamom las weiter im Schleiboten. Er las einen interessanten Artikel über Milliardäre. „Aha,“ dachte er, „fast alle Superreichen haben bei Null angefangen. Gute Ideen, mit Energie, Tatkraft, Geschick und Glück gepaart, brachten ihnen den Erfolg. Aber ist Erfolg nicht ein sich selber tötender Vorgang, ein sich selber tötendes Konstrukt? Erfolg bemisst sich doch in Ruhm, Geld und Besitz. Besitz führt zu dem ungeheuren Aufwand, ihn zu pflegen und zu lagern. Ich, Kardamom, muss den Platz im Zimmer mit meinem Besitz teilen. Es bleibt immer weniger Platz für mich. Die Verwaltung von Reichtum frisst nach und nach den Reichtum selber auf. Materiell und geistig. Ich weiß nicht mehr, wie viele Bücher ich zur Zeit besitze, wozu brauchte ich so viele Bücher? Es wür-

de ewig dauern und mir meine Kraft rauben, würde ich sie ordnen und zählen.
Abstauben allein ist ein Albtraum.
Nein, Reichtum bedeutete Verwaltung, Aufwand und Last. Häuser, Villen und Schlösser müssen gepflegt werden, die Megayacht gewartet werden, Bedienstete halten die Hand auf. Reichtum ist der Weg zurück zur Armut. Der überflüssige Reichtum eines Eichhörnchens mag nützlich sein, um ein Wäldchen auf den Weg zu bringen, der Reichtum der Milliardäre tut das nicht. Und Ruhm? Ruhm frisst wahrscheinlich Lebenszeit und verlangt nach hohem Energieaufwand für ständige Selbstreflektion. Ruhm ist warmer Wind im Januar, das Lächeln des Verkäufers, Chilischokolade, Sommer im April. Am Ende glaube ich meinem Ruhm sogar und beginne, die dunklen Seiten meines Selbst zu vergessen, die eigene Verstrickung, mein eigenes weisheitspendendes Leid. Ruhm ist Fliegenleim, in dem ich früher oder später selber zappelnd klebe. Irgendwann sogar verschüttet der Ruhm die Quelle des Erfolgs. Aber eine Idee. Eine Idee wäre gut," brummte er, „Ideen bedeuten wirklichen Reichtum. Ideen entzünden Leben im Kopf. Ein Funke, ein Stromschlag. Feuer folgt. Das Staubkorn eines einzigen Gedanken saust alles vernetzend durch die Welt. Ein Impuls pufft durch den schwarzen Nachthimmel der Seele wie eine Sternschnuppe und schlägt den Funken zur Handlung.
Eine Idee, ein neuer Fall.
Eine Ermittlung, Glück.
Doch wieder ein Fall?
Ideen sind der wirkliche Mangel im Leben, bedeuten wirklichen Erfolg.
Welche Idee?
Welcher Fall?
Ein dreifacher Mord?

Professor Kardamom als Chefermittler.
Was hat sie gesagt?“

Kardamom ging auf dem Zwangsweg zum Fenster und öffnete es.
Sofort begann sie wieder zu wispern.

„Du willst also doch mit mir reden, Kardamömchen, mein lieber Mann. Das ist schön. Weißt du eigentlich, wer damals die Bank geplündert hat? Das war, warte, das muss 1972 gewesen sein.
Ich weiß, wer es war. Zum einen hab ich’s gesehn. Mein hohes Gezweig schaut hin bis zur Bank. Jetzt ists ja eine Bücherei. Geht da zu wie bei dir unter der Hängematte. Kardamom, der Fall ist nie aufgeklärt worden, willst du wissen, wer es war?“

„Nein, Tilia, das will ich nicht. Aber was du mir da von diesem dreifachen Mord …“

„Ach, hat mein Ingwerschnittchen den Kappelner Schleiboten nicht aufmerksam genug gelesen? Ja, was nicht alles in der Zeitung steht, in der Zeitung steht. Ich will dir aber gerade jetzt erzählen, wie das damals war. Sie war Sportlehrerin am Gymnasium der Kleinstadt. Sie war wunderschön. Wunderschön und wohlhabend. Sie war ein Magnet, der alles anzog. Die Schuljungen bestaunten ihren Morgansportwagen. Den starken Motor in Spanten aus Eschenholz. Genauso verwegen wie sie.
Die männliche Oberstufe schaute dem Sportunterricht der Mädels zu, nur um sie zu sehen. Sie war Schönheit pur, fast so schön wie ich. Ihre Brüste lockend wie der Beginn einer Reise. Ihr Gang sprach von den Freuden der Lust. Ihr Lachen war tanzender Schnee in Winterluft und

gleichzeitig wie Morgenlicht auf weißen Weizenfeldern: solch eine Frau war sie."

„Aber was hat das alles mit dem neuen Fall zu tun, dem dreifachen Mord? Tilia, das ist ein alter Fall, längst vergessen," sagte Kardamom leise.

Er zog die Hängematte mit dem Tau zum Regal heran, griff sich Spiegel und Kamm, kämmte die weiß gewordenen, dünnen Haare und band sich einen Pferdeschwanz. Inzwischen schien er bereit, den Sparkassenraub der siebziger Jahre ganz im Nebenbei aufzuklären.

Damals hatte die Bank eine Geldkassettenklappe für die Tageseinnahmen der Geschäftsleute. Eine steile Rutsche ließ die Geldkassetten in den Kellertresor rutschen. Dreiste Diebe hatten die Klappe ausgehebelt, vom Hinterhof einen Wasserschlauch in das Loch gehängt und alle Kassetten waren aufgeschwommen. Hatten den Weg zurück zur Klappe genommen. 120.000 Mark waren weg, auf nimmer Wiedersehen weg gewesen.

„Mach es kurz, Tilia. Und sei bitte vorsichtig mit dem, was du sagst. Kappeln ist eine Kleinstadt, jeder kennt hier jeden. Das weißt du genau."

„Nun, Kardamömchen, du kanntest sie doch auch. Gehörtest du nicht auch zum Kreis ihrer Verehrer?"

Professor Kardamom knurrte. Er schlug den Schleiboten auf und suchte die Landesseite. „Plötzlich ist es wieder da," dachte er, „das Achterbahngefühl, der freie Fall. Wie habe ich sie begehrt, geliebt. Ohne Erfolg. Durfte ihren Morgansportwagen reparieren, das war es dann auch schon."

„Ingwerlein, keiner bekam sie. Nein, nicht keiner, einer doch. Da war ein Professor am Gymnasium. Einer, der nach der Pensionsgrenze noch arbeitete, weil es damals zu wenig Lehrer gab …“

„Nein, Tilia, nein, nein, nein! Sag nicht, der kleine Dr. Will, der Gnubbel.“

„Dr. Will war der einzige Mensch, zu dem wir alle hinaufblickten. Selbst die Pappeln neben dem Gymnasium reichten nicht ganz zu ihm heran. 30 Meter hoch war der Wasserturm neben der Schule, in dem er wohnte. Von ihnen weiß ich es. Er hatte sich in sie verliebt und sie eingeladen zum Tee hoch über dem Fischereihafen.“

Professor Kardamom dachte an den Wasserturm, den Fischereihafen, die Schienen, die bis zu den Kuttern reichten, an den Maasholmer Hof und seine Wirtin. Ihre Gaststube war Heuerbüro und Fischmarkt gleichzeitig gewesen. Schüler schlürften dort Tee, im Kachelofen dampfte das Grogwasser. Daneben sein Arbeitsplatz, die Tankstelle der Getreide AG, wo er als Wagenwäscher gearbeitet hatte. All das war nicht mehr, war der Moderne gewichen.

„Sie war zum Tee gekommen, hoch über der Stadt, sie hatte die 137 Stahlstufen erstiegen. Er hatte ihr sein Anliegen ruhig und sachlich erklärt. Sie sollte der Eckstein in seinem Liebesleben sein.

‚Was muss ich dafür tun‘, hatte er sie höflich gefragt, ‚was muss ich für eine kurze Affäre mit Ihnen tun, solange ich noch an der Schule bin, für sechs Wochen?‘

Lange schaute sie ihn an. Schnee wirbelte durch ihren Blick. Dann lachte sie.

‚Rauben Sie die Bank aus. Legen Sie mir das Geld zu Füßen. Ich leg mich daneben.' Das soll sie gesagt haben."

Professor Kardamom seufzte. „Genauso war sie," dachte er, „die einzige Frau, die ich je begehrt habe. Bilder von ihr geistern immer noch durch meine Seele, nach über dreißig Jahren. Nie wieder ist eine ihr gleich gekommen."

„Ja, Kardamömchen, Will, der alle technischen Vorgänge der Kleinstadt durchschaute, schloss von einem Hinterhof der Bank den Gartenschlauch an. Er ließ das Wasser in die Klappe des Tagestresors laufen. Hoch spülten die Geldkassetten mit den Tageseinnahmen der Kappelner Geschäftswelt. Der kleine Gnom fischte sie aus der Klappe und trug sie in den Wasserturm. Als sie kam, stand der alte Lehrer inmitten unzähliger Geldscheine und lächelte wortlos.
Sie legte die Hände unter ihre Brüste und hob sie sacht, küsste ihn. Er öffnete ihr Kleid. Sie ließ ihn gewähren. Legte sich ins Geld. Sie ließ ihn gewähren, mehr nicht. Sechs Wochen lang, keinen Tag länger. Es war ein Traum für ihn. Sie hielt es aus. All das ist nie herausgekommen vor gut dreißig Jahren, Kardamömchen. Du bist der erste, der es weiß. Du bist sogar der einzige, der es weiß."

Kardamom versuchte die vor ihm entstandenen Bilder zu verdrängen. Er schluckte.

„Ich hab das Gefühl, meine süße Ingwerschnitte hätte 30 Jahre seines Lebens für diese sechs Wochen Altmännergeschmuse eingetauscht. Nun sieh doch, was du an mir hast: ständige Unterhaltung. Und: ich bin ganz dein."

„Ach, ach, ach. Ich will von diesen alten Geschichten nichts mehr hören. Viel wichtiger ist: Es steht nichts im Schleiboten über einen dreifachen Mord. Lediglich der Bericht über ein tragisches Feuer auf dem Campingplatz Hülsen. Drei Männer kommen bei einem Wohnwagenbrand ums Leben. Die Feuerwehr konnte den Brand rasch löschen."

„Hab ich's dir nicht gesagt, Kardamom, ein neuer Fall. Ermittle!"

Am Hafen

Hinter jeder Tür eine andere Welt. Hinter allen Türen andere Welten. Von hinter den Stirnen, durch die Augen blicken fremde Welten hindurch. Kardamom hatte sie sich eingerahmt. Die Diagnose des Oberarztes der Schleswiger Psychiatrie: Schwere Schizophrenie, paranoide Wahnvorstellungen mit autistischen Schüben, hohe Intelligenz, probeweise Entlassung.

Kardamom öffnete die Küchentür. Lächelnd betrat er seine aufgeräumte Küche. Er füllte den perfekt polierten Kupferkessel mit weichem Mineralwasser und mahlte mit der Handmühle mildgeröstete Maragogypebohnen zu orangebraunem Kaffeemehl.

Ein Geschäft in Rendsburg war eine der wenigen Röstereien in Schleswig-Holstein, die diese Kostbarkeit täglich frisch herstellte und Professor Kardamom wöchentlich mit einem Paketchen beglückte.

Kardamom brühte den Kaffee mit sprudelndem Wasser aus dem Kupferkessel auf, fügte heiße Milch hinzu und füllte seine Tagesration in die alte, zerbrechliche Thermoskanne. Kardamom schmierte einige Schwarzbrote und packte sorgfältig seine Ermittlungstasche: einige Lupen verschiedener Stärke, die Plattenkamera, das Notizbüchlein, Brot und Kaffee, eine Zahnbürste. Vor allem aber den Mahagonikasten. Den Kasten und die Gewichtssätze. Auch einen Schlafsack. All das verstaute er auf einem Handwägelchen im Hinterhof.

Er setzte den Strohhut auf und machte sich auf den Weg zum Hafen der Kleinstadt.

„Bobo ist ein Kiffer, *tingelingeletta* …
Bobo ist ein Skater, *tinsoldater* …
Da auf der Skaterbahn, Prof, da haben sie alle angefangen.
Die ersten Male warn umsonst,
Aber Bobo kann viel mehr.
Bobo zeichnet Cartoons, *blu matroser* …
Bobo bricht die Tischlerlehre ab.
Bobo kriegt nen Preis für die Cartoons.
Zeichnet jetzt für Geld, *bommellommellom* …
Bobo ist der Künstler aus der Skaterszene.
Bobo will gut drauf sein, hey.
Weiß woher er Koks kriegt.
Nicht nur Koks.
Koks macht leistungsfähig, hey.“

Mit ungeheurem Aufwand und reichlich Brüsseler Geld war Altkappeln restauriert worden. Aufgeputzt präsentierte die Stadt den Urlaubern weißen Granit am dreckig grünen Schleiwasser. Die Straßen waren aufwändig gepflastert, Robinien waren als Stadtbäume gepflanzt worden. Sie wurden jährlich gestutzt, kräftig zurückgeschnitten. Eine neue Brücke ersetzte den Charme der alten Drehbrücke. Das hatte Geld gekostet, welches an anderer Stelle fehlte. Die Stadt Kappeln war stolz auf ihre neue Fassade, mit der sie auf Touristenfang ging, da sie vom kargen Fang der Sprotten, Heringe und Dorsche nicht mehr leben konnte.

„Was für ein Bobo, was erzählt ihr mir da. Ich muss euch den ganzen Tag zuhören, nicht nur euch, die Schleiränder stehen voll von euresgleichen. Dies dänische Kinderlied kennt ihr auch nur zur Hälfte, wenn ihr mir Sachen erzählt, dann bitte vollständig:

Tingelingeletta, Tinsoldater
Blue Matroser, bommellommelom
Se til hojre, se til venstre
Hele regimenter drejer om
Bommelommellom"

„Er hört uns zu, er hört uns zu.
Kardamom hört uns zu!
Bobo verliebt sich in Gitta.
Gitta verliebt sich in Bobo.
Koks ist gar nicht so schlimm, nicht so schlimm wie die anderen schlimmen Sachen.
Koks ist teuer.
Lange geht es gut.
Dann wird das Geld knapp.
Beide proben den Entzug, kalt.
Sind auf turkey.
Herzen flattern, rasen, zittern, Angst.
Schmerzen, Liebe, Schmerzen.

Es geht nicht.
Rendsburg, Station 83, Polamydon.
Das geht.
Gitta und Bobo im Aufwind.
Wollen eine kleine Wohnung, kleiner Garten.
Wollen ein Kind.
Bobo zeichnet Cartoons am Fenster.
Gitta wiegt das Kind.
Ja, so soll es werden.
Wenn die Zeit reif ist.
Wenn die Kraft da ist.
Wenn die neue Lieferung vertickt ist.
Ein geiles Zeug.
Kardamom, hier in Kappeln...
Nun hör doch zu, Kokain..."

Professor Kardamom hatte die robinienbepflanzte Stadtstraße durchschritten und merkte nicht, wie er von einigen Kindern verfolgt wurde. Eines der Kinder bot einer Robinie die Hand zur Begrüßung an, zog den nicht vorhandenen Hut, machte eine Verbeugung, sprach ein paar Worte, verabschiedete sich. Das Kind schlenkerte mit dem imaginären Handwagen zur nächsten Robinie und wiederholte das Schauspiel. Die anderen blieben stehen und grölten.

Aus einem Nebenweg kam ein junger Mann auf dem Skatebord auf die Schmiedestraße gerast, bis die Entfernung zu den Kindern nur noch einige Schritte betrug. Er federte die Knie und hob zu einem Salto an, drehte perfekt und kam nach dieser Kaskade auf dem weiterrollenden Bord wieder zu stehen.

„Bravo, Bravo!" klatschten die Kids, schienen Professor Kardamom vergessen zu haben.

Kardamom war am Hafen angelangt.

„Sie sanken von Stufe zu Stufe, bis sie endlich am Hafen ankamen“, sagte die legendäre Wirtin des Maasholmer Hofs des öfteren. Was zum Teufel meinte sie damit. Der Hafen liegt doch voller Yachten, die teuer sind. Eine große Dame war das, die Wirtin des Maasholmer Hofs, von allen Fischern verehrt, das Zentrum des alten Hafens, als es noch ein richtiger Hafen war. Professor Kardamom kaufte sich unten am Hafen ein Brötchen, kaute genüsslich daran und stopfte sich zwei Ohropaxe in den Gehörgang.

„Eine Unterhaltung mit den Krähenpappeln am Schleirand halte ich jetzt nicht durch,“ murmelte er.

Als er die Brücke des Museumshafens erreichte, wurde er von Gerhard begrüßt, der auf der Brücke den neuen Mast für seine Colin Archer rund hobelte. „Nen‘ Kaffee, Professor Kardamom?“

Kardamom fingerte die Stopfen aus den Ohren.

„Willst du einen Kaffee, Professor?“
„Guten Tag, Gerhard, gemach, gemach …“

Detlef, der am Thermostat seines Schiffsdiesels spielte, kam heran und fragte: „Neue Ermittlungen, Professor?“

„Gemach, gemach …“ antwortete Kardamom und schob das Wägelchen zu seiner schweren Fischereijolle und verstaute Stativ, Kamera und Ermittlungstasche.

Er schaute sich um. Nahm aus der Jackentasche eine Pfeife und stopfte sie. Die Sonne schien. In der Stadt und ihren geschützten Hinterhöfen war es für den Tanz der Mücken warm genug gewesen, hier an der Schlei aber ging ein kühler Frühjahrswind. Kardamom schaute zur alten Milchpulverfabrik, wo einmal weit über tausend Menschen Arbeit gefunden hatten.

Da ließ sich sein Blick von den krähennestbedeckten Pappeln gefangen nehmen, und er hatte die Ohrstöpsel bereits in der Westentasche.

„Suche ein Mädchen, Kardamom, ein Mädchen, hörst du? Sie weiß etwas. Ich kenne sie. Wir Krähenpappeln kennen alle unglücklichen Menschen an der Schlei. Sie ist einmal mit einem der Oldtimer gesegelt, mit der „Ruth von Breiholz". Sie ist schön, Kardamom. Eine braungelockte Fee. Ich erinnere mich genau an sie. Sie geht aufrecht wie eine Königin. Als wären ihre Schultern am Himmel aufgehängt. Aber der Schleiweg ist ja immer voller schwarzer Krähenfedern. Oh diese schwarze Last, diese schwarze Last, dieser scharfe Kot auf der Haut, dieser Lärm am Abend, dies dumme Gekrächze. Welch Unglück, ihr Schlafbaum zu sein. Oh, diese Mörderbande.
Sie sammelte alle schwarzen Federn auf, die auf ihrem Weg lagen.
Es war gewaltig ablaufender Strom auf der Schlei.
Sie packte die Federn in ein weißes Seidentuch, dass sie um den Hals trug, verknotete die vier Ecken und ging damit zum Brückenkopf. Sie warf das Bündel in die Schlei, und der Strom nahm es mit. Eine Weile stand sie am Brückenende mit ausgestreckten Armen, die offenen Handflächen nach oben. Bis das weiße Tuch um die Ecke des Arnisser Yachtclubs getrieben war.
Ob sie bösen Zauber abwenden wollte?

Als ob man die Dunkelheit aus der Welt fortzaubern könnte. Man muss sie ertragen. Tag für Tag, des Lebens Los ist Leid. Bevor sie die „Ruth von Breiholz“ bestieg, suchte sie sich ein neues Seidentuch aus dem Rucksack und band es um. Kardamom. Sie trägt weiße Halstücher. Daran erkennst du sie. Sie weiß etwas.“

Professor Kardamom klopfte seine Pfeife aus und zündete den Lötbrenner an. Wärmte den Glühkopf seines Bootsmotors an.

„Hmh,“ brummte er mit Blick zur Krähenpappel. Dann startete er den Hundested, der mit sanftem, gelassenem Dröhnen seine Arbeit aufnahm. Wie eine schöne Frau keine andere weibliche Schönheit neben sich duldet, duldete der Glühkopfmotor keine anderen akustischen Schwingungen neben sich.

Unter dem gemächlichen Hämmern des Hundesteds legte Kardamoms alte Fischereijolle von ihrem Liegeplatz im Museumshafen ab und machte sich auf den Weg Richtung Arnis.

„Ein Glück, Kardamom ermittelt wieder,“ sagte Gerhard zu Detlev.
Sie lachten erleichtert, ohne eine Spur von Spott.

„Die Würde des Alters führt für uns alle durch die Distelfelder der Depression,“ sagte Gerhard, „wohl dem, der nicht grad barfuss dort hindurch muss. Wohl dem, der in ihren Moorlöchern nicht versinkt. Wohl dem, der die Distelfelder hinter sich hat.“

Birnbäume sind schwierig

Als Kardamom Arnis passierte, lüpfte er vor den Werften den Strohhut. Der Gruß galt seinem verstorbenen Freund, dem Bootsschlosser. Der hatte all die Zeit seinen Glühkopfmotor gepflegt. „Nie hat es für mich einen besseren Schlosser gegeben. Für dich lebten Motoren, hatten Herz und Herzschlag. Hast mit deinem Stethoskop dem Klang der Verbrennungstakte nachgespürt und dem Lauf der Lager. Jedes Problem ruhig und überlegt gelöst. Mein Freund, immer näher rücken die Einschüsse, bald bin auch ich an der Reihe," grüßte er.

Professor Kardamom war an den Schiffswerften vorbei und setzte die Segel. Hoch am Wind lief die alte Gaffeljolle nicht sehr effektiv. Er ließ den Hundestedt mitlaufen. Seine Jolle passierte das Grödersbyer Noor, Karschau, bald schon sah er die Pferde von Pagerö, als er sich entschloss, den Hafen von Bienebek auf der Schwansener Seite der Schlei anzulaufen.

Hier wurden zu alten Zeiten die Kornsäcke der Gutswirtschaft auf Schleikähne verladen und nach Kappeln gesegelt. Jetzt verlandete die Mündung der Bienebeker Au, dies wunderbare kleine Kulturdenkmal. Kardamoms Jolle machte an der kurzen Pier fest, den Hundestedt ließ er laufen. Aus der Werkzeugkiste nahm er eine Stahlnadel und den Fäustel, schulterte das Kamerastativ und machte sich auf den Weg schleiaufwärts.

Nicht weit fort lag am Ufer ein Birnbaum. Der war der Länge nach umgestürzt, aber anstatt zu sterben, hatte er neu ausgetrieben. Im Abstand von je einem Meter hatten sich fünf Triebe zu jungen Stämmen entwickelt, die Stämme trugen allesamt Fruchtholz und waren bereits einige Meter hoch. Kardamom prüfte die Perspektiven und brachte das Stativ in die richtige Position. Mit der Stahlnadel suchte er nach den neuen Wurzeln der Birne, der alte Wurzelteller ragte tot in die Luft. Überall entlang des Stammes fand er welche. Er markierte den Wurzelverlauf mit abgebrochenen Zweigen und machte eine Aufnahme. Durchs Ufergehölz drang gedämpft der langsame Gang des Hundestedts.

„Dann eben nicht, gute Graue. Birnbäume sind eben schwierig. Schwierig wie Menschen, von denen man etwas will. Schön, dass du diesen Sturz überlebt hast. Die feuchte Erde hier war dein Untergang und deine Rettung gleichermaßen. Musstest hinschlagen und konntest wieder austreiben. Welche Gnade, Grauchen. Die doppelte Zeit. Hast zwei Leben. Ich hab nur eines. Meines ist schon fast zu Ende. Ich beneide dich."

Kardamom packte zusammen und schickte sich an zu gehen.

„Schau nach vorn, Kardamom. Nicht zurück. Wühl alten Dreck nicht auf."
„Wie bitte, was meinst du?" fragte Kardamom.

„Du hat die Schuldwaage eingepackt. Wie gefährlich," flüsterte sie, „Schuld ist wie ein Sumpf. Steckst du nur mit einem Stiefel drin, dann kannst du noch zurück. Aber wer geht freiwillig den zweiten Schritt ins Moor? Niemand zieht dich raus, niemand. Du willst ermitteln. Aber was ermittelst du denn? Du sortierst die Vorfälle nach deinem Verständnis, schaffst ein unentwirrbares Knäuel

von Verstrickungen, wühlst im eigenen wie im fremden Dreck, bis das Wasser trübe wird.
Du hast deines Vaters Waage eingepackt. Du willst Schuld messen. Wenn du die Waage auspackst, bist du unrettbar im Moor verloren. Denn Schuld kann nur messen, wer sich in sie begibt. Es ist immer der eigene Morast, bedenke das. Kardamom, werf sie endlich weg. Über Bord damit! Schlag neue Wurzeln."

„Nein, nein, nein" antwortete Kardamom, „ich werfe meinen wertvollsten Besitz nicht weg. Du hast keine Ahnung. Ja, es geht um Schmerz. Um Schmerz und Schuld geht es doch immer. So ist es mit euch Birnen. Birnen sind schwierig. Sofort auf der Gefühlsebene. Lass mich in Ruh."

Kardamom schulterte eilig das Stativ der Plattenkamera und machte sich auf den Weg zu seiner Jolle.

„Ich weiß, warum du hier angelegt hast, Kardamom. Seit damals geht's dir ums Gesundwerden nach einem tiefen Sturz, ja. Aber das Wiegen von Schuld ist das Gegenteil der Heilung. Nimm das Geschehene hin. Leb weiter, such die Sonne. Leb noch ein paar lachende Jahre. Alles kann gut werden. Sieh mich an, es geht mir wieder gut, und du wirst verrückt. Redest mit uns. Mit Bäumen. Niemand redet mit Bäumen. Bäume können gar nicht reden."

„Ach ja? Bäume können nicht reden? Und warum redet jeder von euch mit mir. Ich werde wirr davon im Kopf."

Professor Kardamom zog sich den Strohhut so tief herunter, wie es nur irgendwie ging. Versuchte ihn über die Ohren zu ziehen. Beruhigend näherte sich das Auf und Ab des Glühkopfkolbens.

„Du kannst die Liebe zu ihr nicht bewahren und sie gleichzeitig töten, dabei wirst du verrückt," hörte er sie noch.
„Dies Gefasel von Schuld und Liebe hat überhaupt nichts mit meinen Ermittlungen zu tun," sagte Kardamom, „und es hilft auch nicht."

Professor Kardamom schaute auf die Uhr. Es war höchste Zeit, abzulegen. Die Brücke in Lindaunis öffnete bald und er hatte noch zwei Seemeilen vor sich.
Unter vollen Segeln passierte er die geöffnete Eisenbahnbrücke, der Glühkopfmotor schob heftig mit. Stubberholz, Ulsnis und Büsdorf kamen nacheinander in Sicht. Kardamom näherte sich Hof Hülsen. Hof Hülsen war ein ehemaliger Bauernhof mit Schankwirtschaft gewesen. „Halligalli" hieß es im Volksmund. Jemand aus der großen Stadt hatte einen Campingplatz daraus gemacht. Inzwischen sollte der Campingplatz einer Ferienhaussiedlung weichen.

„Alle Kämpfe unter den Menschen finden zuerst in ihren Seelen statt", murmelte Kardamom. „Gedanken sind die grauen Soldaten der inneren Ungleichgewichte. Tragen die inneren Kämpfe in die Welt. Aus Gedanken werden Worte, aus Worten Taten. Aber die Großväter waren graue Soldaten. Die Taten finden den Weg zurück zu den Seelen. Zuerst ermittle ich die Taten, verfolge die Rückwege, ermittle die Gedanken, das Chaos der Seelen und die Schuld."

Das kraftvoll pochende Herz seiner Jolle verschluckte Kardamoms Gemurmel. Er öffnete die Ermittlungstasche und streichelte den Mahagonikasten mit der feinen Balkenwaage.

„Und es gibt sie doch. Wenn es Gott gibt, gibt es Gerechtigkeit. Wenn es Gerechtigkeit gibt, dann gibt es auch

Ungerechtigkeit. Und Schuld. Wenn es Schuld gibt, ist sie messbar. Ist sie aber messbar, werde ich sie wiegen, mit Vaters Schuldwaage."

Eine kleine Steilküste backbords noch, Bohnertfeld, der Anleger von Hof Hülsen. Er war da.

Tatortbesichtigung

Aber Professor Kardamom segelte an Hülsen vorbei. Er steuerte auf eine im Schleischilf versteckte Brücke zu. Dort legte er an. Nahm seine Tasche und machte sich auf den Weg zu einem ehemals stolzen Gehöft, das sich in Auflösung befand. Morsch alle Fenster. Das Dach notdürftig mit schwarzen Silofolien geflickt. Längst verwitterte Farben, nur der Garten gepflegt. Ein großer Ginko vor dem Eingang.

„Sieh an, sieh an: August ziehts nach Haus
Kleiner August, sei dankbar, wenn die Dinge nicht nach Plan verlaufen
Wenn geschieht, was geschehen wird, bingo?
Nach Plan verlaufen kann nur das kleinere
Was aber größer ist als dein Gehirn
Diesem Dörrapfel mit dem grauen Pferdeschwanz
Das verläuft nach eigenem Plan, bingo?
Geht also etwas gut, ists klein
Nur das Große verläuft quer
Dem danke, kleiner Augustin
Nimm hin, was kommt, sei dafür dankbar
Und wachse dran, bingo?"

„Jedes Mal die gleichen Sprüche von dir, Ginkobingo. Aber schön bist du gewachsen, du goldene Laterne des Herbstlichtes. Wirst wohl noch immer prächtig ausgeschnitten von dem alten Spitzbuben. Jedenfalls ähnelst du verdammt dem perfekten Plan eines Baumschneiders, alter Kalenderspruchprediger. Ich wette, du musst dir sogar jährliches Runterbinden der Schossertriebe gefallen lassen. Wie ein Baby sich das Wechseln der Windeln gefallen lassen muss. Dabei bist du doch schon so groß," entgegnete Kardamom.

„Bingo, alles ist wie früher. Nur bei Treffern wird zurückgeschossen."
Kardamom pochte an die mürbe Haustür, wartete.
„Wat wullt du, häh?"

Ein Greis war durch die Diele herangeschlurft. Er trug ein schwarz gewordenes Wollhemd, seine Hose hielt mit Hosenträgern aus Sacksband, blaue Augen sahen Professor Kardamom aus einem gelbverstachelten Gesicht an.

„Guten Tag, Jakob, ich will hier übernachten. Es wird sich doch eine Ecke finden, oder?"

Der bucklige Greis öffnete die Tür und machte Platz. Kardamom kam herein und ging in die Küche. Auch hier in der Küche war ein Teil der Decke um den Schornstein herum mit Silofolie abgehängt. Die Folie entwässerte durch ein Loch im Fenster. Versottet der Putz um den Schornstein; die Küche war ein unbewohnbarer Raum.

„Wullt du en Tass Kaff'," fragte der bucklige Greis.

Kardamom nickte.

Jakob klövte mit dem Beil Kleinholz auf dem Hackklotz neben der Küchenhexe und blies Feuer an. Nahm die Kaffeebohnen und Kaffeemühle aus dem rattensicheren Hängeschrank und mahlte Kaffee.

„Hest ein schlecht Geweten, häh?“ fragte er Kardamom.

Kardamom nickte.

„De wüllt mi int Heim stecken. Dann ward hier allens verköfft. Oder du betahlst för mi. Kannst du ok nich, häh?“

Kardamom schaute sich um. „Wie schön diese Küche früher gewesen ist,“ dachte er, „mitten im Haus sahen wir die Sonne über der Schlei aufgehen, sahen wir sie in die Schlei eintauchen. Hier haben Jakob und ich unsere Kindheit verbracht, mit Schnüren und kleinen Reusen Aale in der Schlei gefangen, das Heu auf dem Futtertisch im Stall an die Kühe herangefegt, gespielt.“

„Ik warr‘ entmündigt, häh. Betreuung, Pflegschaft. Dann is nix mehr to maken. Dann is allens wech. Jojo.“

Professor Kardamom schluckte.

„Jakob, ich kümmere mich drum, gleich morgen. Wie kommst du denn zurecht. Kannst du dir noch alles holen, was du brauchst. Kommst du zum Arzt. Hast du zum Leben genug Bauernrente.“

„Ikk heff de Gorrn, de Kantüffeln, ikk heff allens, jooo. Dat Land is verpacht. De Ziegenstall neern an die Slie ok. Fisch heff ik af und to in de Rusen. Aber de sind knapp wurrn, de Aal. Wo licht dat an, Professer, häh?“

Jakob braute den Kaffee. „Der Kaffee schmeckt wie früher," dachte Kardamom, „modrig nach uraltem Haus, nach eisenhaltigem, braunem Brunnenwasser."

„Es hat auf dem Campingplatz geknallt, Jakob?" fragte Kardamom seinen Bruder.

„Aah, min Broder ermiddelt wedder. Hest Vadders Schuldwaag mit, häh? Jo, dat hett knallt. Bannig dull, dreemol.Vorwech eenmol en lütte Knall, dann en grote Knall und nochmol een, jojo."

„Hast du sonst noch was bemerkt, Jakob?"

Jakob überlegte.

„Dat hett de Nacht dorför all mol knallt. Dröben op de Insel. Dat käm aber vun en lütte Schrotflint.
Kannst hier op de Ofenbank slapen. Wahr di wegen de Rotten. Ick hol en paar Decken, häh."

Kardamom nahm die Petroleumlampe vom Küchenschrank und zündete sie an. Die alte Messinglampe war blank, ihr Tank gefüllt. Er packte die Waage aus seinem Rucksack und ging zur Hintertür hinaus.

„Willst noch mol na ehr hin, häh? Se hölt di fast, jojo."

Kardamom sog draußen tief die Luft in seine Lungen und stöhnte. Dann ging er in den Bauerngarten. Dort stand ein Baum, eine prächtige Esche.

„Ist meine Schuld überhaupt zu tilgen?" fragte er die Esche, „Jemals zu tilgen?"

„Schuld, Kardamom," antwortete die Esche, „Schuld gibt es nicht. Erinnerung reicht. Schuld ist der Versuch, Erinnerung zu verdrängen. Sie überflüssig zu machen. Erinnern ist ewig klares Eis und hält das Vergangene frisch. Erinnere dich an sie. Das reicht. Meine Aufgabe ist es, sie zu bewachen. Nicht dich zu belehren. Lernen musst du selbst."

Kardamom schluckte. Er packte schluchzend die Waage aus.

„Gut, Vater, wie groß ist meine Schuld? Du hast uns doch erzogen, Jakob und mich, mit dieser ewigen, verfluchten Idee von Schuld. Wahrscheinlich hattest du selber genug Flecken auf deiner weißen Weste."

Er öffnete den Gewichtssatz, hielt die Balkenwaage mit den beiden Messingschalen am gestreckten Arm, die Esche im Rücken stand der halbe Mond über der Schlei.

Die Waage war im Gleichgewicht. Kardamom atmete auf.

Da kam ein großer Nachtschwärmer heran geirrt und setzte sich auf eine der Schalen. Der Schuldarm senkte sich sofort ab. Kardamom nahm von den kleinen Gewichten und glich die Schwere der Motte damit aus. Da flog sie auf. Kardamom leerte die goldenen Dreiecke und hielt die kleinen Gewichte in der Hand. Er sank zu Boden und weinte. Kehrte in die Küche zurück. Jakob war bereits im Bett. Er hatte noch ein Scheit im Ofen nachgelegt, das knisternd verbrannte.
Eine Ratte huschte über die verschlissenen Dielen. Kardamom lag wach, konnte nicht einschlafen.

Am nächsten Morgen frühstückten die beiden Brüder. Kardamom fragte, ob er einige Tage bleiben könne. Er legte Geld auf den Küchentisch.

„Kauf was ein, Bruder. Eine Flasche Wein, eingelegte Tomaten, Pinienkerne, wie früher."

Über Jakobs verstacheltes Gesicht huschte ein Lachen, die blauen Augen tanzten im Faltenmeer.

„Maak ik. Ik hör mi bi den Höker um wegen de Explosionen. Wenn eener wat weet, denn uns Höker."

Nach dem Frühstück nahm Kardamom seinen Rucksack, startete den Hundestedt seiner Jolle und fuhr nach Hülsen rüber. Er legte an. Noch waren viele Liegeplätze des Hafens unbesetzt. An den Hagebuttenhecken vorbei suchte er nach dem verbrannten Wrack eines Campingmobils.

Am Spielplatz des Campingplatzes angelangt, hatte er es immer noch nicht gefunden. Ganz am Ende des Platzes stand eine Doppelkiefer. Von hier war die Insel gut zu sehen, eine der beiden Schleiinseln. Unter der Kiefer war ein Carre mit Flatterband abgemarkt. Brandspuren im abgezäunten Viereck, ein Knick aus Buchen und Erlen dahinter, ein versengter Schmetterlingsflieder. Tiefe Spuren hatten den Schotterweg aufgerissen. Alles war fortgeräumt.

„Einige meiner harzigen Nadeln haben gebrannt. Die Männer hier, die drei, es waren ganz normale Männer. Wie Männer nun mal so sind. Wenn sie gut im Saft stehen, dann sind sie so."

Kardamom konzentrierte seine Suche auf das Gelände hinter dem letzten Stellplatz, den Knick und die angrenzende Weide. Im Knick fand er unter einer Grassode versteckt eine Menge Federn, eindeutig Federn von jungen Graugänsen, die einen weißgerandeten Saum besitzen, anders als die der erwachsenen Gänse. Er nahm den starken Fadenzähler aus der Ermittlungstasche.
Ja, diese Federn waren mit Gewalt herausgerissen worden, hier waren junge Gänse gerupft worden.
Der Knall einer leichten Schrotflinte auf der Insel war eine mögliche Erklärung.
Mehr war nicht zu finden.
Kardamom nahm einen Holzhammer aus der Ermittlungstasche und schlug auf alle Stämmchen im Knick. Nichts im Himmel verborgenes fiel herunter. Kardamom suchte weiter landeinwärts. Sein Fuß stieß gegen ein Stück Blech. Er hob es auf. Es war eine ausgeglühte Campinggaskartusche, eine kleine, wie er sie auch an Bord hatte, in dem kleinen blauen Brenner für die italienische Kaffeemaschine. Die Farbe dieser hier aber war verbrannt. Kardamom packte sie ein. Er verfolgte den Weg schleiaufwärts noch ein kleines Stück. Lag das Ende des Campingplatzes etwa fünf bis zehn Meter über der Schlei, so fiel das Gelände jetzt wieder ab. Hier war vor kurzem der Knick gekniffen worden. Einen gewundenen Dorn hatte man stehen lassen. Etwas lag dort. Ein Stück neben dem Trampelpfad. Eine Schlaufe aus schwarzem Leder war zu sehen. Kardamom griff danach und zog ein Zeissglas aus dem Gras, ein 42er, ein teures Glas, das unvergleichbar farbecht vergrößerte. Kardamom betrachtete das Glas und verstaute es in seinem Rucksack.

„Erfolgreiche Ermittlungen," brummte er zu sich und kehrte um.

Er setzte Segel und nahm Kurs auf Missunde und die große Breite. In Schleswig würde er Farbe kaufen und Fertigmörtel und Nägel und Schrauben. Er öffnete die Kapitänskiste mit den Seekarten, dem Peilkompass und der Signalpistole. Holte den blauen Campinggasbrenner heraus und ließ den Rest Gas entweichen. Verglich die Einstichlöcher der verbrannten Kartusche mit seiner. Die beiden Löcher glichen einander. Aber das der verbrannten Kartusche war feiner und saß nicht genau mittig.

„Ein Mord, ein dreifacher Mord," murmelte Kardamom als er die Missunder Fähre passierte.

Er starrte ins Wasser, das hier sicherlich sieben Meter tief war. Er leichtes Zittern bespielte seine Hände, die er nun nicht mehr still halten konnte.

Mondholz

Stiller Ort. Dunkler Waldhügel. Die Schlei wie ein enger Fjord, der sich öffnen wird zu einer breiten Seenzunge. Hohe Fichten und Kiefern auf dem mageren Sand. Gelber Sand. Einige Bäume waren die Steilküste herab gestürzt, ragten ins Wasser. Teichhühner schwammen durchs hohe Geäst.

Eine hohe Kiefer bewachte den Eingang zur großen Breite.

Kardamom hätte sich gern einen Moment mit ihr unterhalten, die Kiefer blickte weit ins Schleswiger Land, nichts konnte ihr je entgehen. Zwei Spannen Umfang hatte sie und war alt, sehr alt. Aber es war schwer, sich mit ihr zu verständigen. Wohl wusste sie auf jede Frage eine Antwort. Aber es war stets eine kurze Antwort. Eine rätselhaft kurze Antwort, so etwas wie ein Orakel, oft eine Gegenfrage. Aber er hätte aufstoppen müssen, die Fahrt unterbrechen.

Professor Kardamom bog in die große Breite ein und schaute zurück.

„Warum diese Eile, Kardamom", dachte er. „Kein Tier, keine Katze kann die Nähe eines hastenden Menschen ertragen. Schnelligkeit, Hast, Angst, veredelte Fluchten. Meine Hast verbrennt den Kartoffelpufferboden meiner Seele, meine Hast verengt meinen Blick zum Tunnelblick. Es steckt doch in jeder Angst eine Vorbereitung aufs Scheitern. So hat ein Ermittler keine Chance."

Kardamom wendete und fuhr ans Missunder Waldufer, machte die Jolle an einem gestürzten Baum fest und kletterte den Hang hinauf zur Kiefer.

„ Hohe Kiefer, Wächterin der großen Breite, verrate mir das Thema meiner Ermittlung."

Kardamom umarmte sie, konnte ihren Stamm bei weitem nicht umfassen. Spürte ihre raue Rinde an Wange und Händen, sah wie kraftvoll sie sich in den Sand gewurzelt hatte.

„Ermittle, Professor Doktor Augustin Kardamom. Ermittle die Namen der beiden Arme deiner Schuldwaage."

„Verzeih die Widerrede, verehrte Wächterin der großen Breite. Den einzigen Titel, den ich zu Recht tragen darf, ist: ehemaliger Wagenwäscher der Getreide AG Tankstelle. Ich ermittle in einem dreifachen Mordfall, es geht wahrscheinlich um Kokain, um organisierte Gewalt, die Mafia, das ist das Thema. Ich verstehe den Zusammenhang nicht."

Die Kiefer schwieg, und Kardamom kehrte zu seiner Jolle zurück, bog das zweite Mal in die große Breite ein und tastete sich am Missunder Steilufer entlang. Selbst für seine flachgehende Jolle war es schwer, nah an den Strand der toten Bäume heranzukommen. Wind und Stürme aus Schleswig entkleideten hier die auf den Klippen stehenden Bäume ihrer Wurzeln.

Vorsichtig tastete sich Kardamom durch das gelbbrackige Wasser. Endlich war er grade vor. Über ihm in der Mitte der Missunder Steilküste streckte eine Eiche mittleren Alters ihre weiten Arme aus.

„Wie die beiden Arme meiner Schuldwaage heißen, soll das Thema der Ermittlung sein, ich fasse es nicht," brummelte Kardamom, „natürlich ist das Thema einer Ermittlung immer Schuld und Unschuld. Gerechtigkeit. Sie muss siegen über die Ungerechtigkeit."

Die Eiche oben auf dem Sandkliff war einer der wenigen schweigenden Bäume, die er kannte. Sie war dem frühen Tod geweiht. Denn bei Sturm donnerte Windsgewalt gegen die Küste. Kugelte sich auf. Brach die schlanken Fichten des Waldsaums. Fraß sich in Sand und Lehm der Steilküste. Brach sogar Bäume im Bestand, in Lee. Überall ragten Wurzeln nackt in die Luft. Noch waren es einige Schritte bis zum Untergang. Der Sturm eines fernen

Neumondes würde die Eiche fällen. Ins dickgelbe Wasser fällen. Mondholz. Eintausend Jahre hält Mondholz. Tod und ewiges Leben.
Kardamom ließ die Jolle sanft auflaufen, krempelte die Hosen hoch und stieg aus. Erkletterte die Steilküste und legte eine Hand auf die kühle Rinde der schweigenden Eiche. Beruhigend und zuverlässig pochte vom Ufer her das Herz seiner Jolle.

„Ich gelobe, mich von jetzt an um meinen Bruder zu kümmern. Dass er bleiben kann, wo er hin gehört. In unserem Elternhaus an der Schlei bleiben kann. Das ist ein Versprechen. Ich gelobe es zu halten, beim Schlag meines Herzens und dem meiner Jolle, hörst du?"

Die Eiche schwieg.

„Wie eigentlich wirkt dein Zauber? Welche Macht hat ein Gelöbnis einem Baum gegenüber? Wie komme ich dazu, Bäumen Versprechungen zu machen. Ich bin ein wissenschaftlich denkender Ermittler. Oder bin ich krank, wenn ich mit Bäumen rede? Unterhält man sich normalerweise nicht ausschließlich mit Menschen?" fragte Kardamom.

Die Eiche schwieg.

Kardamom schaute auf die kleine Kiefer neben der Eiche. Zärtlich berührte sie mit ihrer Spitze den Lichtsaum ihres Helden. Professor Kardamom kletterte den steilen Strand herunter und vergrub mit den Händen etwas im Sand. Dann stieg er in seine Jolle.

Der Hundestedt zog sie aus dem Mud und er nahm Kurs auf Schleswig. Als er sich umdrehte, zeigte ein Eisvogel vor der Steilküste sein leuchtendes Gefieder. Kardamom zog den Strohhut und verbeugte sich dankend. Über dem Fleckebyer Ufer wurde es zunehmend dunkler. Er zog das Ölzeug an.

Das Wetter war aus zweierlei Stoff gemacht. In zerfasertes Weiß wanderten fettgraue Hängebauchschweine ein. Aus ihren Zitzen regneten große Tropfen, die hart ins Wasser schlugen. Manchmal ritzten Sonnenstrahlen die Wetterhäute auf. In einer kleinen Wolke leuchtete ein winziger Regenbogen, ähnlich wie backbords das Louisenlunder Schloss im Grün des Waldes leuchtete, das Internat der verlorenen Kinder des Reichtums.

Kardamom hatte Durst. Hatte vergessen, sich bei seinem Bruder Kaffee für die Fahrt zu machen. So steuerte er eines der Landgasthäuser an, die es überall am Schleiufer gibt. Dieses war hochgerühmt, die Geschäftsführerin bekannt für ihre Liebenswürdigkeit und Hilfsbereitschaft, der Koch für seine Fischsuppe. Das Landgasthaus hatte eine eigene Dampferbrücke, und eine Blutbuche bildete das Zentrum des Vorplatzes, unter dem im Sommer die weißen Gartenmöbel standen. Ein Stück weiter parkte eine Luxuskarosse aus Flensburg. Kardamom machte neben einem Zweimaster fest, dessen Teakdeck und Holzaufbauten gepflegt waren. Es war die Kairos aus Lübeck.
Kardamom bestellte einen Milchkaffee und eine Gemüsesuppe und plante die Einkäufe in Schleswig: Fensterkitt zur Reparatur der Scheiben, Fertigputz für die Decke, neue Dielenbretter zum Aussperren der Ratten, Blechtafeln fürs Dach, Farben, Pinsel, Dichtmittel. All diese Baumaterialien würden ein tiefes Loch in sein Rentenkonto reißen. Dabei notierte er nur das Allernötigste.

„Dieser Jungfuchs kam auf die Terrasse und stahl das weiße Badehandtuch.“
„Krass, kaum zu glauben, das glaub ich nicht. So frech sind die Füchse hier schon entlang der Schlei? Was macht ihr da? Wie wehrt ihr euch?“

„Wir sind achtsam. Wir passen auf. In den Städten an der Schlei sieht man zuweilen weiße Tauben mit schwarzen Rußrändern. Sie sind bequem, die Pfautauben, fliegen nicht viel. Sitzen auf den Schornsteinköpfen und wollen’s warm haben und gefüttert werden. Anspruchsvoll sind sie. Manchmal verliert eine das Gleichgewicht und stürzt in den Kamin. Das kommt dabei heraus.“

„Krass, kaum zu glauben. Jaja, das kann durchaus passieren. Aber ein schwarzer Rußrand im weißen Gefieder reicht ja auch schon, es muss ja nicht gleich ein Sturz in den Kamin sein.“

Kardamom durchfuhr dieser Gesprächsfetzen am Fensterplatz des Landgasthauses wie ein elektrischer Schlag. Wie so oft, wenn er überreizt war, begann er mit den Händen Zeichen in seiner Gebärdensprache zu machen, fingerte herum und berührte mit den abgeknickten Fingern Wange und Stirn.

„Hoffentlich geht das gut. Kardamom hat Angst, Todesangst,“ gebärdete er.

Die Besatzung der Kairos lächelte über den Verrückten am Nebentisch, der autistisch auf seinem Stuhl hin und her rutschte, jetzt wieder den Löffel nahm und schnell seine Suppe auslöffelte. Der Geschäftsführerin war der Professor als Sonderling bekannt, sie machte das gewohnte freundliche Gesicht. Kardamom zahlte eilig und wollte zur Jolle. Ohne den Kopf zu drehen, merkte er sich das Nummernschild des Flensburger Wagens.

„Hey Kardamom, hey, pssst. Komm hinter meinen Stamm.
Denk nicht, ich wäre uralt.
Nein, ich bin gar nicht so alt.
Dänische Blutbuchen wachsen hurtig, verstehst du.
Ich stamme aus der Dänischen Zeit, als die Schlei ein Dänischer Fjord war. Da wurd ich gepflanzt.
Die da, sie fahren nicht nur auf der Schlei herum, nein.
Das tun sie nicht.
Für eine große Yacht ist Lettland nicht weit.
Lettland ist die Drehscheibe.
Fünen und Schleswig ihr Gebiet.
Ein Abteilungsleitertreffen der großen Firma.
Schleimünde kommt in Sicht, Kardamom.
Klein Sansibar, die ehemalige Hütte, der rostige Leuchtturm.
Der Nordnordost treibt sie mit Leichtigkeit vor sich her, ja das tut er.
Mit Gift im Kiel an der Giftbude vorbei.
Sie folgen der Betonnung, ja.
Die flachen Mündungssände bleiben an den Seiten liegen, die Drehtonne in Maasholm. Flintholm, das Papageientief vor Ellenberg, ja, ja.
Wie auf Schienen geht's nach Kappeln, mit den wartenden Yachten ohne eine Sekunde Verzögerung durch die Brücke.
Niemand an Bord, der Eigner am Innenruder.
Ebenso geht's in Lindaunis mit der Klappbrücke.
Die Kairos fällt nicht auf, sie ergreift jede gute Gelegenheit beim Schopfe, jaja, das tut sie.

Dann passieren sie Hülsen und ankern in der Königsburgbucht, dicht unter Land.
‚Mach mir nen Kaffee, Linda' so sagt er.
Und sie macht den Kaffee klar.
Sie ankern dort, verstehst du.
Nachts fährt er mit dem Dinghy rüber nach Schleihof.
Dann bleiben sie noch einige Tage vor Anker.
Harvey schaut nach dem Rechten und gibt Orders.
Drinks machen sie sich, geeiste Gläser unterm Schutz des Lustbergs.
Linda kocht. Harvey verfolgt die Börsenkurse.
Sie genießen die Zeit, ja, ja."

„Danke, Dänische Blutbuche. Ich muss weiter. Ich darf ihnen nicht auffallen. Sie sind gefährliche Samurais. Nicht auszudenken, sie bemerken unsere Unterhaltung ..."

Professor Kardamom hielt auf das Naturschutzgebiet Reesholm zu, die Stexwiger Enge. Er schaute sich kein einziges Mal um, er genoss weder den Blick auf die dünn besiedelte Angeliter Seite noch auf die bunt durchmischte Hügellandschaft Schwansens. Fleißig wehte der Wind aus West, und die Jolle lief gut durch die Eischaumteppiche der grünen Schlei. Immer wieder schauerte es.
Drei Kormorane überflogen ihn, und von der Mündung der Füsinger Au bis hin zum Getreidesilo erschien ein Regenbogen so dicht, dass die Gehölze und Flächen dahinter im farbigen Dunst verschwanden. Wildgänse saßen auf den Sandbänken der Stexwiger Enge. Cremefarbene Daunen trieben herum. Schleswig lag vor ihm wie eine kleine Großstadt: Spannte sich vom Wikingturm über Schloss und Dom bis hin zur ehemaligen Zuckerfabrik. Das zerfallende Schleswig, gleichzeitig im Abriss begriffen wie im zögerlichen Neuaufbau.

Nun endlich schaute sich Kardamom um, er war allein auf der Schlei. So segelte er dicht unter Land am ehemaligen Offizierskasino der Schleswiger Freiheit vorbei, warf dem kopflosen Kupferschwan davor einen Brocken Brot hin, ließ vorm Holmer Fischereihafen die Segel fallen und legte unter Motor im Schleswiger Hafen an.

Bald hatte er alles zusammen. Der gut sortierte Holzhandel hatte ihm die Dielenbretter mit dem Lkw-Kran in die Jolle gehoben, da sah er die Kairos einlaufen. Er schob das Ablegemanöver auf, nahm das gefundene Zeissglas und machte sich auf den Weg durch die Königswiesen und an der Domschule vorbei zum Wikingturm.

Kardamom war vorsichtig. Selbst als das Eignerehepaar angelegt hatte und im Lift des Turmes verschwunden war, blieb er in seiner Deckung. Der Lift hielt im achten Stock, im achten Stock. Kardamom wartete noch einige Sekunden, aber der Lift blieb dort stehen.

Schleunigst machte er sich auf den Weg zurück, startete die Jolle und legte ab. Ans Segeln war bei all dieser Ladung nicht zu denken. Der Glühkopfmotor musste die Arbeit tun. Aus seiner Ermittlungstasche nahm Professor Kardamom den Notizblock und schlug eine leere Seite auf. Mit sorgfältiger Schrift machte er nach der Flensburger Autonummer und den Namen Linda und Harvey einen weiteren Ermittlungseintrag. „8“ schrieb er, seine Finger begannen zu zittern, acht, acht, acht. Kardamom verlor den Bleistift, der durch die Bodenbretter ins ölige Bilgenwasser fiel. Seine Finger krümmten sich ungewollt, knickten ab, seine Arme trugen das Fingerspiel hin zu Kinn, Wange und Ohr.

„Gefährliche Menschen, Kardamom, gefährliche Menschen wohnen im achten Stock, 8,8,8," flüsterte er.

Als er am Steg seines Bruders anlegte, war dort das Reet gemäht, und es war eine neue Planke auf die morsche Unterkonstruktion genagelt. Später trug er das Baumaterial mit Jakob auf die Diele.
Jakob strahlte.

„Was ist so anders an meinem Bruder?" fragte er sich, „da sind Blutflecken auf seinem Gesicht. Ja, das ist es: Jakob hat sich rasiert."

Die Insel

„Ne, ne. Jakob will dat ole Speel nich. Will ick nich, wat shall dat, häh. Ne, ne."

„Komm Bruder, nun haben wir drei Tage lang die Küche renoviert. Keine Ratten können mehr rein. Haufenweise Scherben unter den ausgebesserten Dielen vertreiben sie. Die Scheiben sind heil und geputzt. Da kannst du doch mal mit deinem kleinen Bruder das alte Spiel spielen."

Kardamom stellte die kristallene Sanduhr auf den Tisch.

„Du bist nich uns Vadder, du hest keen Recht op dat Speel. Ne, ne! Fohr wedder na Huus. Wohr di wech."

„Du darfst zuerst fragen. Vaters Spielregel kennst du ja noch: Man fragt, dreht die Uhr um und der andere antwortet, wie sagte unser Alter, man antwortet mit Wahrhaftigkeit, lässt nichts aus, kein Wissen bleibt ungesagt, die ganze Wahrheit, alles. Bei ewigem Verlust der Ehre. Oder man rennt raus, was noch viel schlimmer ist. Wenn der Gefragte antwortet, muss man es selber aber auch. Was weiß mein Bruder Jakob über die Morde gegenüber?“

Kardamom drehte die kristallene Sanduhr um und blickte seinen Bruder an. Der ältere Bruder blickte auf die Uhr und atmete schwer. Jakob stand auf. Rannte raus.

Es waren schöne Tage gewesen, diese drei Tage der Renovierung. Es lagen etliche neue Blechplatten auf dem Dach, es regnete nicht mehr durch, die Küche war auf dem Weg, sauber zu werden.

Eine Zeitreise war es auch gewesen, dort auf dem Dachboden. Da waren die Kisten mit den alten Büchern, die vielen Bücher aus der politischen Zeit, die Mäuse hatten sie in Ruh gelassen. Das Saxophon ihrer Mutter im Instrumentenkoffer war angelaufen, blass und stumpf die Vergoldung.

„Wie hatte sie es nur mit ihm ausgehalten,“ dachte Kardamom, „manchmal war er weg gewesen, der Alte, in England angeblich. Warum schreibt er uns nie aus England?“ hatte Kardamom seine Mutter gefragt.

Die Mutter erzählte ihren beiden Kindern, Vater würde jeden Tag schreiben, aber die Engländer hätten grad alle Briefkästen abgebaut, um die Königlichen Kronen neu drauf zu malen, deshalb gäb’s grad keine Post. Dabei war der Alte in der Entziehungsanstalt, später wussten sie es.

Es war alles herausgekommen. Kardamom hatte gewagt, eine Gegenfrage zu stellen bei den peinlichen Sanduhrverhören: „Warum sind in England die Briefkästen ständig abgebaut, wenn du dort bist, warum bekommen wir nie eine Karte aus England?"

Vater hatte schwer geatmet und hatte herausgewürgt, dass er noch nie in England gewesen wär. Er wisse nichts über abgebaute Briefkästen. Dann hatte er geflüstert, dass er alkoholkrank sei und war zur Tür hinausgestürzt.

Seitdem gehörte die Sanduhr Kardamom.

In Kisten verrostete die alte Modelleisenbahn auf dem Boden, und das Kutschgeschirr für die Ponykutsche der Kindheit hing mürbe und von Mäusen angenagt am Nagel. Das war Vaters andere Seite gewesen, er brachte seinen Jungen alles bei, was man nur wissen konnte.

Unbedingt musste er die Ermittlungen wieder aufnehmen.

Kardamom schloss Vaters Sanduhr wieder in die Schatulle ein, bereitete Kaffee für die Thermoskanne zu und ging zu seiner Jolle. Der Wind war günstig. Ohne den Hundestedt zu starten, nur mit dem Vorsegel, setzte er über. Er landete auf der Lustbergseite und kam nah an die Insel heran, konnte in Gummistiefeln aussteigen.

Die Brutzeit der Gänse war zu Ende. Kardamom fand Unmengen von zerstörten und aufgegebenen Gelegen, aufgehackte Eier. Jemand hatte mit Gänseeiern Zielwerfen auf eine Flasche veranstaltet, die auf einem trockenen Fichtenast steckte.

„Es ist so still hier. Will niemand mit dem alten Kardamom reden, he?
Verdammt, ich gewöhn mir Jakobs Sprechweise an.
Keiner von euch, du nicht Apfel?
Ihr Fichten nicht?
Du Ahorn?
Große Eiche mit dem Doppelstamm?
Auch nicht der kleine Holunder?
Wie kommt ihr überhaupt hierher?
Wisst ihr, dass ihr grad alle hin und her geschoben werdet, zwischen dem Flensburger Amtsgericht und dem Hamburger Liegenschaftsamt.
Na, ja.
Wer will schon Bäume, die nichts zu erzählen haben, he?“

Kardamom begann, den Boden der Insel sorgfältig abzusuchen. 50 mal 50 Meter war sie groß und ein wenig Schilfgürtel dazu. Seit den 60iger Jahren der Traum eines Hamburger Verlegers, der hier hatte bauen wollen, was ihm aber nie gelang.

Dann markierte Kardamom den Verlauf der Apfelbaumwurzeln. Eine Wurzel reichte weit ins Schleiwasser hinein, was ihn wunderte, denn manchmal war die Schlei sehr salzig. Kardamom machte vom Apfelbaum am Inselufer ein Foto. Er legte eine dünne Folie um den Apfelbaum und begann, mit seiner Stahlnadel die Äste und Zweige abzuklopfen. Etwas fiel herab. Ein kleines Etwas. Kardamom nahm die Lupe und suchte auf der Folie. Es war ein Schrotkorn. Ein kleines Stück Blei.

„Ah, das ist gut,“ sagte er.

Professor Kardamom legte die Folie zusammen, schenkte sich aus der Thermoskanne Kaffee ein und stopfte die Pfeife. Er lehnte sich gegen den Stamm des Inselapfelbaums und dampfte vor sich hin. Eine Gänsedaune segelte herab. Kardamom nahm sie und betrachtete sie genau, nahm das Taschenmikroskop zu Hilfe. Da war Blut an der Feder. Sie glich den Federn vom Campingplatz exakt.

„Hier ist also ein wenig gewildert worden," sagte er zu sich, „auf meiner Insel. Zu der wir hinübergeschwommen sind, Jakob und ich, die Mädels und ich. Nun ist das Vergangenheit, meine Geschichte. Nun wird es nie wieder eine Frau geben in meinem Leben, oder doch?
Wie heißen sie denn, die beiden Arme der Schuldwaage, Schuld und Unschuld doch, aber gibt es überhaupt Unschuld? Allenfalls kleine Kinder sind vielleicht unschuldig."

„Nein, Schuld und Unschuld heißen sie nicht, August. Die anderen weiden noch: Grasspitzen, Löwenzahnränder und wenn es sie gab: Grassaatbüschel. Für die Grassaat lohnen sich kleine Sprünge, Augustin."

„Was erzählst du, Apfelbaum, nennst mich beim Vornamen, bei meinem verhassten Vornamen?"

Kardamoms Finger begannen zu zittern, dann tippten sie gegeneinander und die Mittelfingerknochen der rechten Hand schlugen gegen den anderen Handteller.

„Alle Ermittlungen sind Reisen in die eigene Vergangenheit. Es ist immer die eigene Vergangenheit der Maßstab, Augustin. Vergangenheit ist Mitvergangenheit, so wie Schuld nur Mitschuld sein kann, wie sollte sie sonst gefühlt werden können. Ich kenn dich schon lange. Du hast hier oft gelegen. Nicht nur allein gelegen. Hast getan, was junge Leute miteinander so tun."

„Ja."

„Hör Augustin, Hamsa schreit. Hamsa: kleiner und dunkler als die anderen. Jemand am Ufer lockt.
‚Gänschen, Gänschen, Gänschen.' Garuda, die mit dem länglichen, edlen Kopf, stellte sich auf und öffnet die Schwingen. Hamsa schreit ein zweites Mal, kurz, knapp. Shiva steht schweigend hinter ihm. Hinter dem kurzbeinigen, dunkelgrauen Bruder. Lässt ihn gewähren. Obwohl sie die Leitgans ist, die Erstgeborene.
Jetzt reagiert Emma. Gibt Hamsas Schrei zurück, kehlig. Neben Emma der scheue Pepe. Beide stellen sich zum Start auf. Zorro, ewig zerzaust, watschelt ans Ende des Keils, tief ins Zwiegespräch mit sich vertieft, auf Hamsas Impuls und Shivas Auffliegen wartend.
Mae sirrt. Fliegen. Fliegen, eine andere Dimension als langsam schwimmen. Manchmal gegen den Schleistrom. Nicht zu Fuß den langen Weg zur Schilfkante watscheln und flügelschlagend schneller werdend. Nein, Fliegen. Die Landschaft unter sich, die Noore, die lange Schlei, die Insel, die Halbinseln. Mae fliegt seit vier Tagen. Noch ist jeder Start ein Abenteuer.
Und Nell ist nicht dabei. Sie fliegt noch nicht. Noch kreuzen sich ihre Flügelspitzen auf dem Rücken nicht.
Und Hedwig, die weiße tote Graugans, ihr Liebling. Sieben, die immer acht waren. Jetzt sind sie zu viert und bleiben doch immer acht."

Kardamoms Fingergebärden beschleunigten sich: „acht, acht, wieder die acht ..." wanderten zu Hals und Wange.

Trommelten gegen sein Ohr, „acht, acht, acht. Sie wohnen nicht dort, im achten Stock, dort haben sie nur eine Absteige. Ich habe etwas vergessen. Ich habe Bobo vergessen. Bobo ist in Gefahr. Wenn Bobo der junge Fuchs ist. Nicht die weiße Taube im Kamin, nein, bitte nicht ...“

„Shiva erlaubt Hamsa, den Impuls zu geben. Der kurzbeinige Bruder schreit, läuft ein paar Schritte, breitet die Schwingen aus und springt in den Flug. Die Luft lässt sich wunderbar durch den Bug seiner Schwingen zerteilen. Gleichzeitig beginnt der Luftstrom ihn zu heben. Flügelschlagend hebt der Keil der acht Wildgänse ab.
Acht, Sieben, Vier, Vogelschrot, blutige Federn.
Ermittle, Augustin. Kläre den Fall auf.“

„Ich muss sofort los, Apfelbaum. Ich muss Bobo retten. Sag mir nur eins, wer ist sie. Bitte sag’s mir.“

„Du wirst sie erkennen, Augustin. Die Mutter der Gänse. Die ein paar Eier gerettet hat vor dem Vandalismus hier auf der Insel. Eine junge Frau. Sie trägt ein weißes Halstuch.“

Kardamom packte hastig seine Sachen und sprang in die Jolle.

„Ich komm wieder, Apfelbaum, so schnell ich kann. Du musst mehr erzählen, alles. Kardamom muss alles wissen. So ein Mist, soll ich den Hundestedt für das kleine Stück vorglühen. Ach was, ich nehm die Riemen.“

„Ich muss dir gar nichts erzählen, Augustin. Wenn ich es tu, dann ist es ein Geschenk.“

„Verzeih, Apfelbaum, verzeih. Ich danke dir. Meine Verrücktheit ist ein Geschenk. Ich hoffe, du sprichst mit mir. Wenn wir uns wiedersehen."

Kardamom ruderte zu Jakobs Brücke zurück und machte hastig fest. Lief zum Schuppen. Entriegelte die beiden Tore und riss die Plane herunter.
Dort stand er.
In Royal Ivery Elfenbein.
Die handgedengelte Motorhaube, solang wie ihre Beine damals, ewig lang.
Die Armaturen aus Messing im Wurzelholzfurnier.
Der starke Triumphmotor.
Ein Eschenholzrahmen.
Speichenräder.
Rotes Leder, mürbe.
Der Morgan.
Ohne über den Sinn eines solchen Versuches nachzudenken, setzte sich Professor Kardamom ans Steuer und drehte den Zündschlüssel, drückte den Starterknopf, den sie mit Nagellack rot lackiert hatte.
Der Motor sprang sofort an.
Der Morgan brabbelte, und Kardamom ließ die Reifen durchdrehen.
Startete wie Hamsa, wie Shiva.
Jakob stand neben dem Schuppen und atmete tief.
Schaute aufs Nummernschild mit der Prüfplakette, die seit dreißig Jahren ungültig war. Er hörte die hundert Pferde den Sandweg hochhetzen und schüttelte den Kopf.

Kaskadierende Himmel

Professor Kardamom raste die Schleidörferstraße entlang auf Steinfeld zu. Schien sich mit dem bretthaten Fahrgestell des Morgans nicht anfreunden zu können. So fuhr er gleichermaßen zu schnell und zu ängstlich.

Schweres Wetter zog heran.

„Es gibt Inseln in ewiger Sonne, Landstriche fortwährenden Regens und Schleswig-Holstein. Hier bei uns gibt es nur zwei Jahreszeiten: Elf Monate Aprilwetter und mit Glück ein paar Erntewochen," kommentierte Kardamom die heraufziehende Wetterfront.

Hinter dem Abzweig nach Lindau wurde es kurvig.
Der Himmel über Schwansen verdunkelte sich.

Eine Wolke wie eine Sturmqualle zog dort auf, fadenziehend.
Sie schwoll an zur Größe eines Wals, stahlblau, tief düster.
Böen peitschten die Schlei auf.
Ein Blitz entfuhr der Gewitterfront.
Erste Tropfen fielen, ein paar Kilometer weiter wurde daraus prasselnder Regen, Hagel.
Höhnend und heulend entleerte die Gewitterfront Wind und Wasser auf die Schlei und füllte den offenen Morgan damit.
Kardamom hielt auf dem Seitenstreifen unter einer Eiche in Kius an.
Er war nicht vertraut mit dem komplizierten Mechanismus des Stoffverdecks.
An eine Weiterfahrt war nicht zu denken.

Aber er fand einen Regenschirm, den er aufspannte.
Er wartete.
Wartete mit Blick auf die zuckende Schlei.

„Mariannes Auto, Kardamom.
Du hattest kein Glück mit ihr.
Frauen bringen dir kein Glück.
Schon wieder willst du dich verlieben. In eine junge Frau dazu.
Eine sich überkreuzende Doppelstrategie der Seelen.
Nur vordergründig geht es um Zuneigung.
Um Sex.
Einem alten Mann wie dir kann es gar nicht mehr um Sex gehen.
Nur vordergründig geht es darum.
Das ist nur der Würfelzucker, in dem die bittere Arznei steckt.
Worum es geht?
Warum ein Mönch nicht klüger ist als eine Ehemann?
Es geht um die Aufhebung der Selbstverstecke.
Gnadenlos plündert die Liebe jedes Selbstversteck.
Traust du dir das zu, Kardamom, Selbsterkenntnis? Enttarnte Selbstverstecke. Nacktheit.
Sich seine jämmerlichen Seiten anzuschauen, tut ganz schön weh.
Auch wenn der andere deine Fehler liebt, es bleibt die Frage, kannst du selber deine Fehler lieben.
Na, welches sind die beiden Arme der Waage?
Du solltest weiterfahren, Kardamom.
Wenn du etwas ausrichten willst.
Marianne tat dir nicht gut.
Das schöne Mädchen mit dem weißen Halstuch wird dir auch nicht gut tun.“

Kardamom hörte den nassen Blättern der Eiche zu und sah sie aus dem Sportwagen aussteigen. Von makelloser Figur. Ihre Beine braun gebrannt, von vollendeter Form. Sie trug eine kurze Hose, eine enge Bluse. Ihre Haltung so aufrecht beim Gehen. Stolz ihre hoch geschnürte Brust. Dunkle, lange Haare. Lockend ihr Gang und abweisend zugleich. Nie war ein Gramm Weichheit in ihrer Ausstrahlung gewesen. Grad das erzeugte die Sucht, dass sie sich öffnen möge.

Kardamom startete den Morgan. Die Speichenräder rissen schlammige Grasnarben vom Seitenstreifen ab. Der Morgan raste den Kiuser Berg hinunter nach Lindau.

Die Front hatte sich entwettert. Nass war die Welt und das Wasser schwappte im Fußraum. Pagerö, Karschau, Grödersby, schnell war Kardamom in Kappeln. Er parkte den Morgan vorm Fährhaus und lief hoch zu seiner Wohnung am Marktplatz.

„*Tingelingeletta, tinsoldater, blue matroser*
bommellommelom.
Kardamom, hallo Kardamom.
Neues von Bobo.
Bobo streckt das Kokain von Harvey.
Mit gemörsertem Glas.
Macht das Geschäft kaputt.
Bobo braucht Geld, Kardamom.
Will auf der Muthesiusschule studieren.
Will ein großer Künstler werden.
Se til hoire, se til venstre
hele regimenter dreier om.
Harvey findet das gar nicht gut, Kardamom.

Hat ihn einen kleinen frechen Fuchs genannt.
Hihihi, Kardamom hört uns zu.
Weißt du, was Harvey gemacht hat?
Eine Wette hat er mit Bobo abgeschlossen.
Um ein Kilo Koks!
Ein Kilo Koks, wenn Bobo am Geländer der geöffneten neuen Klappbrücke hochsteigt.
Dann mit dem Skatebord heruntersaust, wenn sie wieder schließt.
Bobo hat's gemacht.
Für Gitta, für ihre Zukunft.
Bobo liegt jetzt in der Margarethenklinik.
Etwas ging schief.
Und die Kairos lief aus, nach Marstal.
Harvey hat Kunden überall, hihihi."

Kardamom schlich beschämt in seine Wohnung. Er war zu spät gekommen. Im Hausflur fand er die neue Lieferung Maragogype. Er füllte eine Tasche mit Wäsche. Dann ging er zum Morgan und fuhr zurück nach Hestorf mit all dem Wasser der kaskadierenden Himmel im Fußraum. Er war nass. Er war kalt. Er parkte den Wagen neben dem Hofplatzbaum und stieg aus.

„Es ist doch Frühjahr, Gingko", sagte er, „die Lerchen singen schon, die Graugänse haben zu Ende gebrütet, manchmal ist der Himmel blau, und trotzdem liegt da Hagel im Nordgraben. Der Tiger bleckt seine Zähne. Er tötet, wann immer er will. Drei auf dem Campingplatz, Bobo auf der Brücke. Kardamom hat Angst. Entsetzliche Angst. Kardamom wird krank."

„Gräber, Kardamom, überall Gräber. Die Welt ist voller Gräber. Ach was, die Welt ist ein Grab."

„Gleichermaßen ein Grab und ein Bett," antwortete Kardamom.

„Jaja, das Bett unter der Cuchullinneiche im Strandsand, das du mit den Händen geschaufelt hast. Die beiden gelben Blüten, die du hineingelegt hast, für das schöne Mädchen mit dem weißen Halstuch und für dich, ein Bett?
Was willst du alter Mann mit ihr in einem Bett?
Gibt es sie überhaupt?
Und wenn es sie gibt, wirst du sie je finden?
Und wenn du sie findest, meinst du vielleicht, sie will etwas von dir?
Und wenn sie etwas von dir will, so wird sie dich doch wegwerfen.
Sich deiner entledigen, bingo?
Und wenn sie dich nicht weg wirft, wird es dir überhaupt gut tun?
Du wirst nicht mal deine Ehre behalten dürfen, deine Würde.
Ein Hurrican wird dich durchtoben. Wird dich zerschmettern.
Wie damals, denk an die langen Jahre in der Psychiatrie in Schleswig.
Wie Marianne wird sie dich vernichten, wie deine Mutter.
Alles hat seine Zeit, Kardamom, das Lieben und das Sterben.
Gewöhn dich an den Tod. Er wird bald kommen.
Das Bett unter der schweigenden Eiche an der Missunder Steilküste ist ein Grab.
Dein Grab, Kardamom, bingo?"

„Nein, nein!" schrie Kardamom, „nein!"

„Treffer," jubelte es, „getroffen und vielleicht versenkt."

Kardamom raufte sich die dünnen Altmännerhaare. Fingernd hob er beide Hände. Sank mit gehobenen Armen auf die Knie nieder. Jakob schlurfte heraus. Nahm seinen fiebernden Bruder und schleppte ihn in die Küche. Zog ihm die nasse Kleidung aus, legte ihn auf die warme Ofenbank und deckte ihn zu.
Fuhr den Morgan in den Schuppen. Legte alte Zeitungen in den Fußraum. Verriegelte das Tor.

Fieber

Auch am nächsten Tag wich Kardamoms Fieber nicht. Jakob holte Hilfe. Kardamom lag schwitzend auf der Ofenbank und wälzte sich hin und her. Schwarz war sein Himmel, grauschwarz sein Meer. Er war mitten darin. Auf dem Weg nach Marstal.
Welle auf Welle rollte schräg achterlich auf seine Jolle zu. Mächtige Körper, die sich unter den Planken brachen und das Wasser aufschäumten. Nicht mehr gehorchte die Jolle dem Ruder. Kreuzwellen kamen von der Seite.
Das Meer kochte auf wie schäumende Milch. Kardamom war mitten darinnen, nur ein Zoll gehobelte Lärche als Schutz vor dem nassen Tod. Und in Marstal wartete die Kairos und Harvey.
Dann kam sie.
Wer kam?
Das Mädchen mit dem weißen Halstuch?
Er drehte sich um im Fieberwahn. Die Mutter des Todes kam. Die Königin der See, eine mächtige Woge. Schräg achterlich stieg sie ein. Sie hob das Heck seines Bootes keinen Zoll. Sofort war die alte Jolle mit weißem Wasser gefüllt. Es ging abwärts in die kalte Tiefe.

Wer sprach da. Wer sprach denn da?

„Nur den Einfältigen gehört das Himmelreich, Kardamom. Denen, die nichts anderes im Sinn und im Herzen haben, als was über ihre Lippen kommt. Die keine zweite Ebene in ihrer Seele haben, keinen Plan, den sie hinterhältig verfolgen. Gelobt sei die Einfalt, Kardamom.
Deine Ermittlungen laufen dir aus dem Ruder, bingo?
Ist die Welt doch größer als dein altes Hirn?
Schieß zurück, Kardamom sonst bringt's keinen Spaß, bingo?"

„Wenn du das Fieber nicht überlebst, wird Jakob dich unter mir beerdigen. Ich werde über euch beide wachen. Man sagt, meine Wurzeln reichen bis zum Mittelpunkt der Erde, jedenfalls reichen sie sehr tief. So seid ihr am Ende vereint."

„Ermittle, Kardamömchen, ermittle weiter, meine süße Ingwerschnitte. Du weißt jetzt schon so viel. Finde das Mädchen mit dem weißen Halstuch, Süßer. Erledige Harvey und komm zurück zu deiner Tilia, mein Brummbär, mein Ehemann."

„Tingelingeletta tinsoldater, blue matroser, bomelomelom
Nu er klokken blevet mange, nu ma vi se at komme hjem
Eller blev vors mor bange, tingelingeletta om egen.

Gitta sitzt an Bobos Bett.
Hält seine Hand.
So viele Schläuche.
Der Herzton.

Komm nach Haus, Bobo.
Sonst wird Gitta bang.
Gitta trägt doch dein Kind in sich.
Ganz klein noch.
Das Kind ohne Vater.
Da jetzt, ein langer Ton.
Der Arzt und die Schwester, sie stürzen herein.
Machen noch einen Versuch.
Aber der Ton bleibt lang.
Harvey.
Hüte dich vor Harvey, Kardamom!
Tingelingeletta, bommelommelom."

„Dann nimm ihr weißes Halstuch, wenn du sie findest und leg alle schwarzen Federn dort hinein, Kardamom, von all den Krähen, den Unheilbringern, die schwirren Flugs zwischen Stadt und Schlei verkehren. Die uns als Schlafbaum missbrauchen. Verknote sie auf immer. Warte auf so starken Strom in der Schlei, dass die einlaufenden Kutter in Schleimünde darin stecken bleiben … dann sind wir das schwarze Leid für immer los."

„Wenn du fällst, schlag neue Wurzeln. Wühl nicht im Morast herum, das Leben lockt. Das Leben lohnt. Alles wird gut, wenn du es willst."

„Männer sind so. Das muss so sein.
Habt ihr alles dabei?
Kochgeschirr und Bier und Schnaps und Zigaretten?
Komm, wir lassen die Sau raus.
Wanze, Bärbel hat dabei: Bier und Schnaps und Zigaretten und Opas alte Flinte.
Können wir uns ein Vöglein schießen.
Und Wanze hat den Bus in Schuss.

Was hat Wanze dabei: Bier und Schnaps und Zigaretten und die Zutaten für die Knoblauchsoße."

„Nenn mir den Namen für die Arme der Balkenwaage … Schuld und Unschuld heißen sie nicht."

Die Jolle sank tiefer, immer tiefer. Die Stimmen verstummten. Aber jetzt hörte er Gesang. Eine wunderbare Frauenstimme sang ein Kinderlied: Es war einmal ein Hase, der hieß Augustin …

Sanft setzte die Jolle auf dem Meeresgrund vor Aerö auf. Mit gesetzten Segeln.Im trüben Licht. Gedämpfte Stimmen wie durch Watte.

„Jakob, es sieht schlimm aus um ihn. Er hat hohes Fieber. Es sind seine Nerven. Es ist so etwas wie Nervenfieber. Ich brauch zwei Dinge, Jakob. Am Knick habe ich Beinwell gesehen. Davon brauche ich die Wurzeln, soviel du hast. Du kennst doch Beinwell?"

„Du meenst de Ossentung, womit wie de kranken Swien fodert hebt, jo, jo."

„Genau, Jakob. Dann brauche ich frische Schafsgarbe. Sie blüht noch nicht, aber du erkennst sie …"
„Ik weet, Deern. Du meenst Suldaatenkrut, brukst mehr as en Hand vull, häh?"

„Nein, mach schnell, Jakob."

Als Jakob fort war, durchsuchte das Mädchen mit dem weißen Halstuch zuerst Professor Kardamoms Ermittlungstasche.

„Ich dachte, dieser Verrückte bekommt niemals etwas heraus. Dabei hat er mein Fernglas gefunden. Hier in der Tüte sind Gänsedaunen. Nein, die Gaskartusche!“

Das Mädchen mit dem weißen Halstuch lief heraus und kam nach einigen Minuten wieder. Sie hatte ein Tütchen in der Hand, gefüllt mit weißem Pulver. Sie legte es in Kardamoms Ermittlungstasche. Jakob kam kurz nach ihr mit den Beinwellwurzeln und der Schafgarbe herein. Sie kochte Wasser auf und überbrühte die Schafgarbe. Sie richteten Kardamom auf und gaben ihm zu trinken, gaben nicht eher Ruhe, bis er die Tasse geleert hatte. Dann kochte das Mädchen die Beinwellwurzeln und stampfte einen Brei daraus. Zusammen zogen sie Kardamom aus. Kardamoms alter Körper war straff und muskulös. Das Mädchen verteilte den warmen Brei überall auf der Haut und deckte ihn vorsichtig zu.

„Mehr können wir nicht tun, Jakob. Er wird's überleben. Ich werd ihm noch ein Kinderlied singen. Du musst bei ihm bleiben und ruhig mit ihm sprechen, hörst du, ganz ruhig. Von alten Zeiten vielleicht.“

„Jo, jo“ sagte Jakob.

„Erzähl ihm, wie sehr du dich freust, dass er hier ist. Vielleicht bleibt er. Sag ihm, was er hören mag. Keiner kennt ihn so gut wie du. Seine Nerven müssen zur Ruhe kommen. Am besten, er hört auf, überall herum zu schnüffeln.“

„Jo, jo,“ grinste Jakob und nickte heftig.

Das Mädchen sang das Kinderlied vom Hasen Augustin, das sich mühsam durch die dichte Fieberwand quälte.

Es war einmal ein Hase, der hieß Augustin
Und der lief unglaublich schnell
Wenn der so durch die Gegend lief und seine fixen Haken schlug
Dann blieben alle Leute stehn
Um Augustin zu sehn
Seht mal wer da rennt, seht mal wer da rennt
Das ist wohl der Augustin, das Naturtalent
Dreimal Sapperment, dreimal Sapperment
Das ist wohl der Augustin, das Naturtalent.

„Vielleicht ist das Lied meine Lebensversicherung,“ murmelte das Mädchen „das wenige, was durchdringt durchs Fieber. In seine Seele.“

Kokain

Zwei Tage und drei Nächte schlief Professor Kardamom auf der Ofenbank. Am Morgen des dritten Tages hörte er beim Aufwachen das geliebte Geräusch der Handkaffeemühle. Er hörte den Ofen knistern und roch frischgebrühten, bitteren Kaffee. Kardamom tauchte auf. Aus der Privatheit des Fiebers an die Oberfläche der Welt.

„Ich habe wohl tief geschlafen, Jakob. Das war gestern zu viel für mich. Bin ich nass geworden im Wolkenbruch? Aber heute geht es wieder. Das Schlafen hat mich erholt. Heute kann ich weiter ermitteln.“

„Blief du man liggen.
Dree Daag lang werst du dootkrank.
Har meist de Dokter holt, häh.

Laat dat veele Grübeln, lütt Broder,
dat Spekuleern, dat schadt blots dien Nerven, jojo."

Gegen Mittag stand Kardamom auf und ging vors Haus zum Hofplatzbaum. Der Gingko sagte kein Wort zu ihm. Er ging zur Mariannenesche und grüßte den Baum. Die Esche schwieg.

„Sie reden nicht mehr mit mir," sagte Kardamom.

Er ging hinunter zum Steg im Schleischilf und nahm sich Jakobs leichtes Ruderboot. Ruderte hinüber zur Insel. Band die Jolle am Apfelbaum fest. Packte die Sanduhr aus und stellte sie vor den Stamm des Apfelbaums.

„Inselapfelbaum! Eigentlich gilt folgende Spielregel: Einer fragt, der andere antwortet wahrhaftig. Oder er rennt weg, das tut am meisten weh. Oder er lügt und verliert die Würde. Weglaufen kannst du nicht, Apfelbaum. Du bist zuerst dran. Erzähl mir die Geschichte von den Gänsen zu Ende."

Keine Antwort.

„Sie reden nicht mehr mit mir, bin ich nun krank geworden, oder bin ich geheilt?" murmelte Kardamom, „Aber wenn die Bäume nicht mehr mit mir reden, dann müssen die Tatsachen mit mir reden."

Nacheinander holte er die Beweisstücke aus der Ermittlungstasche heraus: das Fernglas, die Gaskartusche, die Federn. Da lag noch etwas. Ein kleiner weißer Beutel. Kardamom nahm ihn erstaunt und betrachtete ihn genau: weißes Pulver in einem Plastikbrief, ein Patentklemmverschluss. Kardamom öffnete den Beutel und roch daran. War das Kokain? Er roch stärker daran, die Nase dicht über dem Beutel. Riskierte es, ein wenig von dem Pulver aufzusaugen. Er legte die Ermittlungsgegenstände nebeneinander und starrte sie an. Seine Gedanken rasten.

Woher kam das Kokain? Wer hatte es in seine Tasche gelegt. Sein Puls beschleunigte sich.

Harvey. Sie hatten ihn vorm Wikingturm entdeckt. Hatten Verdacht geschöpft. Hatten ihn hier aufgespürt. Wollten ihn warnen. Das war die einzige Möglichkeit. Aber Jakob war doch die ganze Zeit da gewesen. Die ganze Zeit? Die ganze Zeit sicherlich nicht, wenn er drei Tage geschlafen hatte. Kardamom begann zu zittern. Jakob und er, sie waren beide in höchster Gefahr.
Was war zu tun?
Allmählich wich die Angst.
Ging unter wie ein Tag am Horizont.
Klar, leichtfüßig und entspannt zog sein Gehirn Resümee: Die Gaskartusche, sicherlich war Gas aus dieser angestochenen Kartusche ausgeströmt und hatte den ersten Knall verursacht. Wahrscheinlich waren die drei grad beim Kochen gewesen. Gebratene Wildgans. Dann ist der Kocher des Campingwagens in die Luft gegangen, das war der zweite Knall. Es hat lichterloh gebrannt. Der dritte Knall war das Benzin im Tank. Am Tag davor hatten die drei gewildert. Eine Männersause, Angeln, Wildern, Alkohol, Kokain.
So musste es gewesen sein.
Drei rote Füchse.
Drei Tauben im Kamin.
Aber warum?
Warum lief Harvey das Geschäft aus dem Ruder?

Das Fernglas, es gehörte doch Harvey. Aber macht ein Profi solche Fehler? Er hätte nach dem Glas gesucht. Und es gefunden. Es könnte auch einem Jäger gehören, der es verloren hat. Nein, die nehmen größere Objektive wegen der Dämmerung. Kein Jäger verliert je sein Glas. Es war kein Jagdglas.
Es ist auch kein Marineglas. Harvey würde ein Marineglas mit eingebautem Peilkompass benutzen. Eigentlich war es das perfekte Glas für Vogelbeobachtungen, optimal farbtreu, handlich, großes Gesichtsfeld, kleine Vergrößerung. Solch ein teures Glas verliert man nur im Stress. Langanhaltender Stress, dass es unmöglich erscheint, nach dem Glas zu suchen, weil es an zu vielen Stellen verloren gegangen sein konnte. Die Person musste einen Grund gehabt haben, das Glas nicht um den Hals zu tragen.
Welcher Grund konnte das gewesen sein?
Wann nimmt man ein teures Fernglas vom Hals ab? Weil man etwas trägt? Nein. Dann erst recht nicht. Wenn man sich anschleicht, dann stört das Glas, dann schleift es auf dem Boden, dann nimmt man es in die Hand. Verliert es im Stress.

Die Federn. Wenn jemand die Gänse auf der Insel liebte, für die schrieen die Federn nach Vergeltung. Das Mädchen mit dem Halstuch. Was wäre, wenn sie sich für die Insel verantwortlich gefühlt hätte? Wenn sie Zeuge der Wilderei geworden war? War ein Mädchen in der Lage, drei Männer wegen ein paar junger Gänse in die Luft zu sprengen?

„Wenn ein Trauma tief genug sitzt, löst es starke Mitgefühlsverluste aus, dann will das Trauma Feuer legen, weil die Seele brennt. Wenn ich das Mädchen mit dem Halstuch finden würde, wenn sie die Gänse auf der Insel stark lieben würde, wenn sie Zeuge der Wilderei war, dann ist sie verdächtig," dachte Kardamom, „mein Bruder Jakob, warum rannte er raus, als ich ihn nach den Vorgängen in Hülsen fragte? Was weiß er?"

Kardamom saß ratlos unter den schweigenden Bäumen.

„Die Wirkung des Kokain lässt nach," brummte er, „nicht einmal die Taten kann ich recherchieren, wie soll ich aber von den Taten zu den Seelen vordringen. Ich schaff es einfach nicht, ich gebe es auf. Ich kümmere mich ab sofort nur noch um meinen eigenen Kram, das langt. Um Jakob und mich. Ich bin ein Trottel, ein alter verrückter Trottel. Das Wohnzimmer, nach der Küche renovieren wir das Wohnzimmer. Die Bäume reden nicht mehr mit mir, was hat das zu bedeuten?
Aber was, wenn Harvey mir auf der Spur ist? Er verfolgt mich bereits. Was macht Kardamom bloß? Bisher ist Jakob und mir nichts passiert. Vielleicht ist alles nur Täuschung, das wäre angenehm. Nein. Die Gaskartusche, die Federn, das Fernglas. Zusätzlich das Kokain. Das sind keine Täuschungen. Es gibt kein Zurück. Wenn Kardamom den Fall nicht löst, drückt jemand zwei weitere weiße Tauben in den Kamin."

Kardamom atmete schnell und seine Finger begannen zu tanzen.

„Die Sonne war beinah hinterm Berg verschwunden, Augustin. Das tiefe Licht mischte die Farben auf. Ihr stockte der Atem, als sich soviel Schönheit ans Schleiufer wagte und das Schilf rötete. Nach und nach kamen die Amseln zur Ruh. Ihre Gänse wurden wach.

Zorro, der Spaßvogel, hatte auf einem Bein geschlafen. Nun nahm er den Kopf aus der Flügeldecke, reckte sich, streckte sich. Nach und nach kam Bewegung in den Keil. Welch ein Erlebnis es war, als das erste Ei in der Brutmaschine zu piepsen begann. Sie nahm es in der Abkühlungsstunde heraus und sang ihm Kinderlieder. Am nächsten Tag antwortete das Ei schon, wenn sie nur mit ihm redete.
Das erste Ei.
Ein Riss in der Schale.
Eine Eikappe, sich auf und ab bewegend.
Mutter und Kind, die sich anschauten, sich auf immer banden.
Zorro war schwach gewesen. Hatte mit der Eikappe gekämpft, hatte aufgegeben. Splitter für Splitter, langsam und vorsichtig befreite sie ihn. Er war mit getrocknetem Eidotter bedeckt. Ein Z auf dem Kopf, blieb er ewig tollpatschig, wie du in kehlige Selbstgespräche verstrickt.
Und Hedwig, die weiß war? Die Mutter eine Hausgans, die sich den Graugänsen angeschlossen hatte. Hedwig, die sie in der kalten Nacht wärmen musste und sie war eingeschlafen und … das Mädchen hat sie ins Halstuch eingewickelt und sie im Schleistrom schwimmen lassen.
Ein Trauma.
Schwimmen, sie ging oft mit ihnen schwimmen und brachte ihnen das Tauchen bei … hier über meinen Salzwasserwurzeln.

Da. Hamsa startete. Der Keil hob sirrend ab. Nell lief mit. Hob einfach ab und war erstaunt, dass es ging. Flog ein paar Meter und sank wieder.

„Benutz die Flügel, auf und ab“, schrie sie, die hinterher lief, „Nell, du landest sonst im Knick und brichst dir den Hals.“

Nell schlug mit den Schwingen und ging in den Steigflug, den anderen hinterher, die sich nach Wildgänseart nachts im Schilfgürtel versteckten. Das Mädchen mit dem weißen Halstuch lief bis zur Schlei hinterher, froh und traurig zugleich. Nell konnte fliegen.

Augustin, acht, sieben, vier Gänse, mehr habt ihr Menschen hier nicht groß werden lassen, Vandalismus, Stadtmenschen, vier Gänse von dreißig Gelegen."

„Wieviel Wut muss in dieser jungen Frau stecken, wohin entweicht die?" murmelte Kardamom.

„Nun dreh die Sanduhr um, Kardamom. Nun bin ich an der Reihe zu fragen. Wie, August Kardamom, sag mir: wie ist Marianne gestorben. Lass nichts aus. Wahrhaftigkeit!"

Kardamom erschrak. Sein Herz raste. Hastig wischte er seine Beweisstücke zusammen, warf sie in die Ermittlungstasche und schob das kleine Boot ins Wasser.

„Sagtest du nicht, wegrennen wär das schlimmste", rief sie ihm hinterher.

Kardamom ruderte ein paar Schläge bis er sich vor dem Apfelbaum in Sicherheit wähnte. Er senkte den Blick und atmete tief. Als er wieder aufschauen konnte, sah er unterhalb des alten Ziegenstalls, auf der anderen Seite der Schlei, eine junge Frau im kalten Wasser baden.
Einige Gänse schwammen um sie herum und tauchten fröhlich wie Küken. Kardamom nahm das Zeissglas. Das Mädchen war vielleicht gute zwanzig Jahre alt. Sie hatte lange, dunkelbraun gelockte Haare. Sie trug ein weißes Halstuch.

Das Mädchen mit dem weißen Halstuch

„Mutter hatte Ziegen, machte Ziegenkäse, meine kühle Mutter. Warum warst du so verschlossen mir gegenüber, bereits als ich ein Kind war? War ich als Kind bereits wirr im Kopf, Mutter?
Verschiedene Kräuter kamen auf den Ziegenkäse," erinnerte sich Kardamom, „Zitronenmelisse, Schnittlauch und Myrthenblätter. Für Mutter hatte Vater den Ziegenstall gebaut. Als man noch bauen durfte an der Schlei, wo und wie man wollte. Eine reetgedeckte Hütte am Hang. Ein Raum mit Tür und Fenster. Mit Blick auf die Schlei, auf die Insel. Später, als Mutter nicht mehr war, diente unsre Hütte einem Imker als Bienenhaus. Stand leer. Nun wohnt sie dort. Sie, das Mädchen mit dem weißen Halstuch. Deshalb bist du rausgelaufen, Jakob. Das wolltest du mir nicht erzählen."

Vor der Hütte ein gepflegtes Gärtchen, die Fenster der Hütte gemalt, das Reet ausgebessert. Kardamom klopfte an die Tür. Sie öffnete: „Hallo."
Kardamom starrte sie an.
„Wie sie meiner Mutter gleicht," dachte er, „die langen, braunen Haare, der kritische, tief eindringende Blick. Klein, zierlich, und trotzdem voller Energie."
„Moin, moin," stammelte er verlegen, „wie die … jungen Rinder den Hang hinunter stürmen … den Steert hoch wie spanische Stiere … voller Lebensfreude …"
„Hmh."
„Ich … ich wusste, nicht … dass unser Ziegenstall bewohnt ist. Das hat mein Bruder Jakob mir nicht erzählt. Schön haben Sie es sich hier gemacht."
„Ja"

„Entschuldigen Sie bitte die Störung, ich … ich war nur so überrascht … dass hier jemand wohnt."
Kardamom schickte sich an zu gehen.
„Hinter dem Stall gibt's eine kleine Terrasse, Augustin. Ich habe grad' Kaffee gemacht. Wollen Sie einen Kaffee mit mir trinken?"

Augustin folgte ihr um den Stall herum. Unter einem Fliederbusch ein Teich, vier Gänse hockten drum herum, sie hätten kaum Platz gehabt auf dem Teich, alle zusammen. Ein runder Tisch daneben auf ein paar Betonplatten, zwei Stühle. Kaffee auf dem Tisch, zwei Tassen. Unter dem Tisch ein leerer Lederköcher, gut zu lesen: Zeiss. Kardamom schluckte.

„Woher wissen Sie meinen Vornamen?"
Sie lachte.
„Unvorstellbar, dass Menschen Gänse wie die dort braten, sie mit Äpfeln und Knoblauch füllen, Rosinen …" wehrte er sich.
Ihr Lachen erstarb. Sie biss sich auf die Lippe und nickte.

Das Mädchen schenkte Kaffee aus einer alten Kaffeekanne ein. Sie saßen einander gegenüber. Endlich hatte er sie gefunden. Kardamom kramte in seiner Ermittlungstasche ein Säckchen mit Glasperlen heraus, die scheuernd aneinander klimperten. Kramte den kleinen Gewichtssatz heraus, die Balkenwaage. Er hängte die Balkenwaage an den Holunder über dem Tisch und warf eine Glasperle in die linke Schale. Die Waage neigte sich. Das Mädchen mit dem weißen Halstuch beobachtete Kardamoms Ermittlungsvorbereitungen neugierig.

„Ich bringe Ihnen ihr Zeissglas zurück, ein fantastisches Glas, das kleine 42er," sagte er und steckte es in den Köcher unter dem Tisch.
„Ja," sagte sie.
Kardamom glich die Schwere der Glaskugel sorgsam mit kleinen Gewichten aus.
„Ich kenne kaum so junge Menschen wie Sie," sagte Kardamom, „was hat man für Lebensziele in ihrer Generation, als schöne, junge Frau?"
„Sagen Sie mal, Herr Kardamom, verhören Sie mich? Sie wiegen meine Worte mit einer Goldwaage … Ist das die legendäre Waage der Justitia?"
„Nun, es ist die Waage meines Vaters …" entgegnete Kardamom.
„Schmeckt Ihnen mein Kaffee nicht? Bin ich irgendwie verdächtig? Was haben Sie denn für Lebensziele? Eines ist doch sicherlich, nicht verrückt zu werden, oder?"

Kardamom schaute sie lange an, hob seine Hände und kreuzte die Zeigefinger.

„Der Kaffee schmeckt. Eine Frage gespiegelt durch mehrere Gegenfragen bedeutet kreuzgegenständige Absperrung und drei Tage Regen," sagte er und versuchte die Situation mit einem Lächeln zu entspannen.

„Regen braucht jetzt keiner. Gut, ich will aussagen, Kommissar Kardamom. Als ich klein war, hörte ich von himmelhohen Bäumen in Amerika. Die standen am Strand, am Meer, auf dem Kliff vorm großen Ozean. Es waren Mammutbäume, so hoch wie Kirchtürme.
Da war eine kleine Spinne, die lebte in der Spitze der Mammutbäume und krabbelte dort herum. Und es kam ein Windhauch und pustete sie in die Luft. Zum Glück

hatte sie ihren Faden, an dem sie hing. Der Wind wehte, und die kleine Spinne spann und spann. Immer weiter trieb der Wind sie auf den Ozean, und unter ihr lauerten das Meer und der Tod. War ihr Faden stark genug? Lang genug? Hielte der Faden die irrsinnig lange Distanz über den Ozean aus? Wenn der Faden reißt, würde sie noch eine Weile wie an einem Fallschirm schweben. Und dann ertrinken.

Als ich klein war, wünschte ich mir von ganzem Herzen ein Schiff. Damit wollte ich zur Stelle sein. An dem Ort, wo ich sie retten konnte. Ich liebe Tiere mehr als Menschen, das gebe ich zu. Das ist kein Kunststück. Menschen haben diese Welt unbewohnbar gemacht. Jeden Tag kommen Tausende von Menschen dazu. Jeden Tag sterben Arten aus, die es ohne den Menschen noch gäbe. Gehen Sie mal über den Kappelner Fischmarkt.

Aber erschrecken Sie nicht!

Mit stumpfem Blick halten Menschen Würste in der Hand, gemahlene Pferde, geschredderte Schweine, zerhackte Rinder. Manche Menschen sind so beleibt, sie können sich knapp die Schnürsenkel ihrer Schuhe binden, aber eine Serviette in der Hand, die obligate Wurst. Kardamom, da bekomm ich solch eine Wut. Das sind doch Mitgeschöpfe in ihren Händen ... Brüder, Schwestern ..."

Kardamom schwieg lange, dann legte er eine weitere Glasperle in die Waagschale. Die Waage neigte sich.

„Meine Generation will Gerechtigkeit," sagte Kardamom. „Meine Generation interessieren Menschen mehr als ..." er macht mit der Hand eine ausholende Bewegung, „... das alles hier, die Natur, Tiere. Da ist ein Defizit an Gerechtigkeit in der Welt, aufgegebene Verfolgung von

Unrecht, fehlender Ausgleich, gesellschaftliche Lügen, ein allgemeiner Wahn, ungesühnte Sünden der Väter ... alles vergessen und verdrängt."

Das Mädchen mit dem weißen Halstuch lächelte still.

„Bald wird alles vergessen sein, Kardamom," sagte sie leise, „die Menschen ändern sich nicht und es macht keinen Sinn, mit dem Salzstreuer Gerechtigkeit über die Welt zu streuen, Baumwurzeln zu fotografieren und alte Schuld zu wiegen. Besser wäre es, keine neuen Schulden zu machen. Oder nur wenige. Was man so zurückzahlen kann. Besser als Gerechtigkeit wäre Liebe. Und damit meine ich, die Tiere zu lieben. Die Hilflosen."
„Gerechtigkeit ist doch auch eine Form von Liebe," warf Kardamom ein. Sein Gegenüber schüttelte den Kopf.
„Ich will weiter aussagen, Kommissar Kardamom. Seit ewigen Zeiten brüten die Wildgänse an der Schlei. Unten im Schilf, dem Lustberg gegenüber, auf der Insel. Dann schwappt die Großstadt hierher. Der Campingplatz. Kids mit Motorbooten ohne Eltern. Eltern mit Motorbooten ohne Kids, Segler, Angler. Ostern beginnt das ganze Spektakel zur Vertreibung der Langeweile. Die Graugänse sitzen wachsam auf ihren Gelegen. Die anlegenden Boote scheuchen sie auf. Ihre Eier werden kalt, Krähen werden angelockt.
Jedes, aber auch wirklich jedes Gelege der Gänse wird zerstört. Auf die eine oder andere Weise. Mir steht's bis hier. Ich rette soviel Eier, wie ich kann. Brüte sie aus mit dem Motorbrüter. Bring den Gänschen das Schwimmen und Tauchen bei.

Ein schöner Tag war das, Kardamom, vor etwa einer Woche. Schon etwas warm, die Sonne lockt zum Leichtsinn.

Ich trage das erste Mal im Jahr ein kurzes Sommerkleid. Nehme die Paddel für das Kanu in die Hand. Es ist Nachmittag. Freudengeschrei, sieben Gänse folgen mir zur Insel. Schwimmend und wenn ihnen das Kanu zu schnell wird, fliegen sie auf. Später liegen wir im Gras unter dem Apfelbaum. Einige auf mir. Sie lieben es, an meiner Kette zu beißeln, an meinen Haaren. Dann kommen sie mit dem Motorboot, drei Männer …“

Kardamom hörte gespannt zu und warf noch eine Glaskugel in die linke Waagschale. Die Waage neigte sich tief, Kardamom glich mit Schuldgewichten aus.
„Sie umrunden die Insel. Wir ducken uns ins Gras. Aber sie legen an.
‚Hey Jungs, gucktma, ein Kanu.‘
Hilfe, denke ich, Hilfe. Das Kleid viel zu kurz. Ich zieh an dem dummen, leichtsinnigen Sommerkleid. Aber es wird nicht länger. Ich nehme mir das Taschenmesser aus meiner Handtasche und schnitze an einem Stock. Ich wehre mich, sage ich mir, ich werde mich wehren.
‚Wen haben wir denn da,‘ witzelt der eine Typ, ‚wat fürn Leckerbissen ganz allein auf ner einsamen Insel.‘
Mir schnürt sich der Hals zu.
‚Müsst ihr hier unbedingt die Ruhe stören,‘ sage ich so eisig wie es geht.
‚Nu ma sachte, Puppe.‘
Er kommt zu mir heran und schiebt mir das Kleid hoch.
So fängt sie also an, die Gewalt, denke ich. Sitze vor ihm, habe das Messer in der Hand und bin doch wie gelähmt. Menschen, Kardamom, Menschen. Es waren meine lieben Gänse, die mich retteten. Sie zischten hassend auf die drei Männer zu. Gestreckter Hals, die Leitgans zuerst, die anderen folgten.

‚Schaut euch das an, sie hat zahme Wildgänse,' sagte einer von ihnen.

Begierig nahm ich das Angebot des Schüchternsten der drei an und begann, von den Gänsen zu erzählen. Langsam entspannte sich die Situation. Sie ließen mich wegpaddeln. Ohne mich aufzufressen. Und dann doch!
Ich stieß das Kanu ab. Meine Gänse folgten mir. Sprangen von der Graskante in die Schlei. Wasser perlte über ihr Gefieder. Ich paddelte zurück. Heilfroh, zitternd am ganzen Körper. Aber der Albtraum war noch lange nicht zu Ende. In der Dämmerung flogen alle acht ins Schilf zum Schlafen."

„Alle acht, waren es nicht sieben," fragte Kardamom.
Das Mädchen verstummte.

„Alle sieben ..." sagte sie leise, „als es dunkel war, hörte ich einen Schuss. Das war am Tag vor der großen Explosion. Drüben in der Königsburgbucht ankerten Yachten. Sie ankern dort häufig. Ein Schuss außerhalb der Jagdzeit. Der Schuss kam von der Insel. Ich war zu Tode erschreckt. Rannte zum Schleiufer hinunter und rief meine Gänschen. Sie kamen nicht. Ein Außenbordmotor war zu hören, der sich schleiabwärts entfernte.

Ich paddelte zur Insel. Die Insel, die Insel, die Insel.
Als ich dicht dran war, lockte ich wieder, meine Leitgans antwortete.
Ein kleiner Flock schwamm mir entgegen: vier Gänse, drei fehlten.
Mit meiner Taschenlampe fand ich Federn unterm Apfelbaum.
Es war klar, jemand hatte sie erschossen.

Ich paddelte zum Campingplatz und fühlte, welcher Motor warm war.
Ich fand einen.
Ich fand auch die drei Männer vom Nachmittag.
In einem Vorzelt war Licht.
An der Firststange des Vorzeltes hingen drei Gänse.
Der eine Typ war dabei, sie zu rupfen.
Es war schrecklich.
In der Aufregung habe ich mein Fernglas verloren. Ich weiß nicht einmal wo."

Kardamom legte zwei weitere Glasperlen in die linke Waagschale und glich sie mit Gewichten aus. „Empathieverlust nach Traumatisierung," sagte er, „hätten Sie eine Waffe gehabt, hätten Sie die drei Männer getötet."
„Na klar, und zwar langsam, dass es richtig weh tut," antwortete das Mädchen.
„Und womit kochen Sie, mit Gas?"
„Nein," antwortete sie, „das ist mir zu gefährlich, mit Petroleum."
Kardamom schaute sein Gegenüber lange schweigend an, sie hielt dem Blick stand.
„Du schnarchst, Augustin," flüsterte sie.
„Ich schnarche?" fragte er verwirrt.

Leise sang die junge Frau das Lied vom Hasen Augustin. Eine der Gänse wurde wach und begann, im Teich zu spielen, tauchte nach einem Gummihandschuh, den sie dann hin und her trug.

„Sie transportiert so gern Gummihandschuhe," sagte das Mädchen.

„Sie haben mich gepflegt, als ich das Fieber hatte?"

„Ja, ich hab sie mit Beinwellbrei eingeschmiert,“ antwortete sie, „überall.“

Kardamom wurde rot.

„Ich war es auch, die das Kokain in ihre Tasche gelegt hat,“ sagte sie, „ich wollte Sie auf die richtige Spur bringen. Ich hab’s nach der Explosion auf dem Campingplatz gefunden, als ich mein Glas suchte. Es lag am Knick. Ich weiß nicht, was da geschehen ist.“

Kardamom entfernte alle Glaskugeln aus der Schuldschaale, legte die Gewichtsstückchen zurück und beförderte die Schuldwaage in seine Ermittlungstasche.

„Verzeihen Sie mir, wenn ich den Eindruck erweckt habe, Sie zu verdächtigen,“ sagte Kardamom, „tut mir leid. Ich glaube, ich muss nach Marstal segeln. Dort wird die Kairos sein. Harvey, der hinter all diesen Teufeleien steckt. Darf ich Sie wieder sehen. Wie heißen Sie überhaupt?“

„Lou, nennen Sie mich Lou.“

„Sie sind schön, Fräulein Lou,“ sagte Professor Kardamom. „Passen Sie auf sich auf. Menschen sehnen sich nach Schönheit. Schönheit wird immer zu einer Quelle der Qual.“

Lou lachte. „Alte Männer lieben schwere Worte. Wo wir doch beim Fragen sind, Kommissar, und Sie sich mit Gewichten so gut auskennen: Werden die Worte wirklich schwerer mit dem Alter, so wie Knochen schwerer werden, kommen Luft und Leichtigkeit der alternden Sprache abhanden?“

Kardamom dachte nach. „Ja," sagte er, „die Worte vererden. Die Worte eilen dem Tod voraus. Die Wahrheit dagegen wird federleicht und tanzt im Wind."

Lou stand auf, „Seien Sie vorsichtig in Marstal," sagte sie.

Marstal

„Wann kummst wedder, August?"

„Pass auf sie auf. Sie passt auf dich auf. Ich brauche ein paar Tage, um eine wichtige Angelegenheiten zu erledigen. Mach's gut, großer Bruder."

„Wenn ich das schon höre: mach's gut.
Nun wird dir alles aus dem Ruder laufen, Kardamom.
Du beginnst zu handeln, Kardamom, bingo?
Zu ermitteln bedeutet, die Handlungen der anderen zu erspüren.
Von ihren Taten auf ihre Seelen zu schließen.
Den Urstoff der Tat zu erforschen, der hundert Jahre alt sein kann, noch älter.
Das braucht Stille und Klarheit, eine Seele wie ein Löschblatt.
Ermitteln bedeutet: nicht zu handeln, bingo?
Sei auf der Hut, Kardamom.
Reih dich nie wieder ein unter die Täter.
Es ist wie ein langer Lauf.
Die Ermittler laufen den Tätern hinterher, sammeln die Kraft, sie am Ende einzuholen.
Achte darauf, sie nicht zu überholen, Kardamom, bingo?

Dann hast du sie im Rücken und wirst selber verfolgt."

„Für diesmal werd ich deinen naseweisen Rat befolgen, Gingkobingo," sagte Kardamom, „aber kann es vielleicht sein, dass alte Bäume zu schweren Erkenntnissen neigen, zu tonnenschweren Sprüchen, wie man sie in diesen kleinen Büchlein findet, den Ratgebern in Krisenzeiten, in Depression und Krankheit?"

„Ah, Treffer und Gegentreffer, wir liegen gleichauf, unentschieden ... mach keinen Mist in Marstal, wir brauchen dich hier, bingo?"

Kardamom startete den Hundestedt und machte sich auf den Weg nach Kappeln. Das gute Wetter eines Zwischenhochs hatte sich verflüchtigt, Nieselregen eingesetzt. Der Professor brauchte einiges aus seiner Wohnung für die Reise über den kleinen Belt.

„Was ist das für ein eigenartiger Ausdruck in deinem Gesicht, meine süße Ingwerschnitte? Ich seh da einen widerwärtigen Zuckergussglanz, schmalzig. Hat sich da ein alter Esel in eine junge Frau verknallt, hmh? Sag einmal, brennt da auf deiner Stirn ein aufgehauchter Kuss, du untreue Kanaille. Wie willst du denn da noch ermitteln, Kardamom? Mach mich nicht eifersüchtig! Sie ist die Hauptverdächtige. Was meinst du wohl, warum sie dir so schöne Augen macht!"

„Tilia, halt die Klappe, ich suche mein Handy und das Aufladegerät und natürlich die Gebrauchsanleitung für beides und die Lesebrille. Weißt du, wo das liegt?"
„Unter den Seekarten von Bornholm und Rügen, du Lump."

„Danke Tilia. Aber wir sind nicht verheiratet. Die Ehe mit dir ist einseitig. Komm, ich zeig dir ein Dokument. Hier stehts: ledig. Tilia, das ist nun mal das amtliche Endergebnis. Ich bin dir keine Rechenschaft schuldig. Ich würde selbst aufgehauchte Küsse auf mir herumtragen dürfen."

„Er ist so süß. Er redet wie ein Ehemann. Hör zu, Kardamom, sei ein Mann in Marstal und keine Memme. Regle deine Angelegenheiten beherzt und entschlossen. Lass dir von Harvey nichts gefallen."
„Gib Ruh, ich muss telefonieren. Hallo Alf, hier ist Kardamom. Wo steckt ihr mit der Ella, wie ist das Wetter? In Neustadt, aha. Und die neuen Segel, sind die gut? Ich will nach Marstal, weißt du, wer von uns da steckt? Aha, Rollo mit den drei Gebrüdern, danke Alf, gute Reise."

„Hallo Rollo, hier ist Kardamom. Wo steckst du, wie ist das Wetter, wie sind die Gäste? In Marstal, aha. Wetter durchwachsen, schwachwindig, südwest, das passt. Psychologen an Bord, Fortbildung, hört sich interessant an. Hübsche Frauen dabei? Ach, schön und schwierig, jaja. Sag mal, hast du einen Zweimaster gesehen, die Kairos aus Lübeck? Danke dir, gute Reise."

Kardamom machte sich reisefertig und tankte seine Jolle auf. Auch der dänische Wetterbericht riet zur Reise, sanfter Südwestwind war angesagt. Nachdem er alle Vorbereitungen getroffen hatte, kletterte er in seine Hängematte und startete am nächsten Tag früh nach dem Morgenkaffee, um mit der ersten Brückenöffnung hinaus zu fahren. So trieb er zur Schlei hinaus, beladen mit Proviant für mehrere Tage. Mit Schlafsack und Persenning für die Nacht, mit den Seekarten, aber ohne Plan.

Schleimünde versank im Dunst, und er war allein auf der Welt. Keine Bäume mehr, nur der Klang seiner Mundharmonika. Der kleine Belt, für Kardamom das große Meer zwischen der Schleswig-Holsteinischen Küste und den Dänischen Inseln. Eine kleine Schule von Schweinswalen tauchte unter ihm hindurch, kurz vor dem Vejsnaesflach im Mittelwasser, für Kardamom unsichtbar.

Kardamom schaute öfter nach vorn und breitete die Arme aus, rechtwinklig. Dann peilte er 90 Grad nach Backbord über den ausgestreckten Daumen und hatte die Windmühlen von Vejsnaes endlich querab. Er schätze den Abstand zur Küste und trug den Schiffsort mit einem weichen Bleistift in die Karte ein. Was von weitem wie eine Yogaübung aussah, reichte ihm bei leidlich guter Sicht zur Navigation zwischen Kappeln und Marstal aus.

„Wer weiß denn schon genau, wo er ist“, brummelte Kardamom. Auf dem Gaskocher braute er Kaffee und würzte ihn mit einer guten Prise Kardamom.
„Und wer weiß denn schon genau, wer er ist. Kaffee und Kardamom, das passt,“ fügte er hinzu und beschäftigte sich mit der Karte.
„Du läufst gut, alte Dame,“ sagte er, „rollst auf den achterlichen Wellen ab wie eine Bäuerin auf dem Gildeball, elegant und gleichzeitig steif im Kreuz vom ewigen Melken. Da wird der alte Kardamom mal an Marstal vorbeisegeln. Zwischen Halmö und Ommelshoved hinein in die Ommelbucht. Da kommen nur wir durch und bei flachem Wasser nicht einmal wir. In Ommels kleinem Jollenhafen liegen wir sicher wie in Abrahams Schoß.“

Die schwere Fischereijolle ließ Marstal links liegen und mogelte sich durchs flache Haff.

Der Wind trieb die verflatterten Wolken übers Himmelsmeer und den starken Geruch der Mastschweine von Lille Risum die Hügel hinunter. Ein Auto war auf einem der kleinen gewundenen Wege zu sehen, wo Strauchpappeln und Kopfweiden verschreckt die Wege säumten. Immer noch suchte er das Meer nach glückbringenden Schweinswalen ab, vergeblich. Aber ein dickgefressener Kormoran versuchte zu starten, dippte mit den Flügelspitzen ins Wasser, gewann keine Höhe, hatte das zulässige Startgewicht eindeutig überschritten und brach also den Startversuch wieder ab. Machte es sich auf den Flachs hinter der sichelförmigen Insel Lilleö, in sicherer Distanz zu Kardamoms Jolle, notgedrungen gemütlich.

Kardamom machte in Ommel fest, reparaturbedürftig die Anleger, es gab nur ein Plumpsklo und den schüchternen Hinweis, dass Gastlieger ein paar Kronen in einen Briefkasten werfen dürften. Nachdem er aufgeklart hatte, machte er sich auf den Weg nach Marstal. Es ging an Ommels kleinen Häusern vorbei, an gepflegten Gärten.
„Es riecht gut," dachte er, „nach einer Mischung aus Heu und Rauch."
Auf dem Sportplatz übten Heranwachsende diszipliniert, Golfbälle zu schlagen.

Kardamom schüttelte den Kopf: „Was will ich in Marstal? Was kann ich gegen ein Drogenkartell ausrichten? Gegen Harvey, der weiße Tauben in den Schlot stoßen kann, nun ja, nicht alle Tauben sind weiß. Auch sind Tauben nicht immer friedlich. Nichts kann ich gegen ihn ausrichten.
Kann ich in Marstal etwas erfahren über Harvey? Klarheit über die Vorgänge auf dem Campingplatz gewinnen? Auch das nicht. Harvey wird nicht mit mir reden. Welch ein Unfug, diese Reise."

Drei Kilometer lang ist der Weg von Ommel nach Marstal. Kardamom kam am Klärwerk vorbei. Auf einer Weide lag ein kauendes Lama.

„Ich kehre am besten sofort um," dachte er, „denn ich bin ohne Plan, das kann nicht gut ausgehen. Aber wo ich bereits hier bin, stecke ich meine Nase wenigstens einmal kurz in den Hafen, eine kleine Prise Marstal nur."

Ein Hahn schrie mehrere Male. Im Straßengraben lag ein ausgedientes Skatebord. Kardamom nahm es mit. Er ging durch Marstals schiefe Altstadt zum Hafen hinunter. Dort lag die Kairos. Ganz in der Nähe der drei Gebrüder. Vor dem Denkmal für die Unvergessenen Seeleute.

Kardamom schlich sich hinter den Radschuppen vor Ebbes Bootshalle und wartete. Langsam wurde es dunkel. Auf der Kairos war Betrieb.

„Wenn wir es nicht machen, dann machen es andere, sagte sie. Linda. Die Frau von Harvey. Trotzdem würde auch ich gern ein normales Leben führen. Wo man der Freundin erzählen kann, was der Ehemann macht. Welche Aufträge er grad hat. Das geht bei uns ja nicht, Schatz.
Wohlstand ohne Wertschätzung ist ein wenig hohl. Daran werden wir noch arbeiten müssen, nicht wahr, Schatz?"
„Ja. Es ist Zeit für uns, zu gehen. Der Boden erwärmt sich. Wir gehen nach Florida. Wenn die Litauische Lieferung im Markt ist. Der Dow und der Dax entwickeln sich gut, wir setzen uns zur Ruhe, Linda. Wir arbeiten dann nur noch für die Wertschätzung unseres Reichtums. Wir waschen den Schnee."

„Kennst du sie, kleine Eberesche."

„Ja, durch sie schneit es seit drei Jahren auf Aerö. Wo die Winter lang sind und einsam und das Geld Abflüsse sucht. Du wirst sehen, gleich werden sie abgeholt."

Ein Volvo fuhr vor, und das Eignerpaar der Kairos stieg ein. Kardamom notierte die dänische Autonummer. Das war alles, mehr geschah nicht auf der Kairos, normaler Betrieb herrschte im Marstaler Hafen, ein paar heimkehrende Kleinfischer, ein paar Gäste der Traditionssegler liefen umher. Kardamom schlenderte zur Kairos hinunter, am neuen Denkmal vorbei.

„I skal ikke blive glemt", „Ihr sollt nicht vergessen werden", stand dort. Zerstochen vom Krieg und selber ein Seemonster, rettet einer von 6300 vermissten dänischen Helden jemanden aus dem Wasser. Die Rippen haben die Haut längst durchbohrt.

„Gut," sagte Kardamom, „Dänemark, ich nehme die Schuld an, 1000 Jahre Schuld, die Verletzung der Würde Dänemarks und der ganzen Welt."

Kardamom merkte, wie sich seine Haut zusammenzog. Am Hals unter den Jochbeinen begann sie zu jucken, in den Innenseiten der Ellenbogen und auf der Bauchdecke, der Kopf brannte. Das Denkmal machte ihn wütend.

„Du untoter Held blickst in Richtung Deutschland. Das muss so sein. Aber ein kleiner Blick, ein einziger auf sich selbst täte gut. Da erklärt ein kleines Land ohne Not einem anderen den Krieg. Schickt ein Kriegsschiff. Rasselt mit dem Säbel. Spuckt zunehmend nationalistische Töne. Was aber wäre, wenn das kleine Land mächtig wäre? Das kleine Land beleidigt den Islam, es fürchtet

ihn. Entschuldigt sich dann, weil es wirtschaftliche Konsequenzen fürchtet. Das kleine Land braucht Öl. Ein halbes Jahrhundert nach dem Krieg solch ein Denkmal tut mir als deutschem Nachbarn weh."
Kardamoms Hände formten Gebärden. Scheren tanzten umeinander. Schnitten sich. Fingerkuppen zählten die Finger der anderen Hand. Die Hände berührten seine Wangen. Den juckenden Hals. Kardamom ballte die Faust. Schlug damit auf die andere Handfläche. Hektische Flecken auf dem Gesicht.

„Von den Fettaugen auf der Handelssuppe Ferienhäuser in den Nachbarländern kaufen, aber ängstlich die eigene Scholle bewachen, sich eine Extrawurst in Europa braten, keiner darf heiligen dänischen Boden kaufen, manchmal seid ihr so verflucht selbstverliebt."
Professor Kardamom kratzte sich das juckende Haar und den mit hektischen Flecken übersäten Hals.
„Können wir Nachbarn uns nicht wenigstens jetzt ein wenig mögen? Könnte man nicht auch genausogut ein wenig über die eigene Verstrickung nachdenken, darüber, gerade eben noch davon gekommen zu sein? Oh, ich bin so wütend, weil Dänemark in meiner Jugend das gelobte, freie Land war. Weil ich euch so liebe, ohne zurück geliebt zu werden. Ist es wirklich so, wir sind böse, ihr seid nur gut, alles ist allein eine Nationalitätenfrage?"

Ratlos und voller Wut stand Kardamom vor der Kairos und stampfte mit den Füßen auf. Kochte vor Zorn über in seiner aufgeblühten Haut. Dann öffnete er seine Ermittlungstasche. Mit einer Zwecke heftete er den Kokainbeutel an das Skatebord. Er betrat die Kairos und knotete das Skatebord an die Flaggleine des hinteren Mastes.

Langsam hisste er sein Zeichen für den weißen Tod. Schlich sich von Bord und eilte zurück nach Ommel. Noch lange lag er wach unter der Persenning. Regen begann zu fallen, auf die Leinwand der Jollenpersenning zu trommeln. Kardamom nahm einen Schluck Rum.

„Was wird geschehen?“ dachte er, „wie konnte ich, der Ermittler, es nur wagen zu drohen? Nun bin ich unter den Handelnden. Mitten darin. Im Zentrum. Was habe ich getan? Was habe ich mir nur dabei gedacht? Diese ständigen dummen Schuldgefühle.“

Er nahm noch einen Schluck Rum und stand auf.

„Ich darf Kritik an Dänemark nicht einmal denken,“ murmelte er. „Natürlich haben die Dänen ein Recht, ihrer toten Seeleute zu gedenken, jederzeit. Es gibt sicher noch lebende Angehörige, die sich schmerzlich erinnern, Witwen, Kinder, Enkelkinder. Vielleicht hat die ganze Nation solch ein Mahnmal lange schmerzlich vermisst. Die Unvergessenen haben ihr Leben gegeben, die Welt vor dem Faschismus zu retten. Wirkliche Helden, keinerlei Zweifel, Kardamom. Ich habe mich hinreißen lassen. Hoffentlich kann ich diese Riesendummheit rückgängig machen,“ dachte er und lief zurück nach Marstal. Gespenstisch still war es im Hafen. Die Kairos hatte ihren Liegeplatz verlassen. War hinausgedampft in die nasse Nacht. Beklommen schlich Kardamom zurück. Er schlief unruhig. Am nächsten Morgen braute er sich Kaffee.

Die Westwindwetter regneten sich wie immer über Schleswig-Holsteins Hügeln ab. Erleichtert stiegen die Regenwolken gen Himmel. Die dänische Südsee lag in der Sonne, und auf Fünen, dem Märchenland Christian

Andersens, blühten die Obstbäume. Der Wind drehte auf Nordwest. Versperrte den Rückweg für schlecht segelnde Jollen über Skjoldnaes nach Haus, den Nordkurs über den kleinen Belt. Lockte Kardamom am nächsten Tag auf den Südkurs. Durch die Marstalbucht, querab Vejsnaes Nakke. Den gleichen Weg zurück, auf dem er gekommen war.

Message in a bottle

Der kühle Nordwest hatte die Wolken vertrieben. Unter vollen Segeln schob sich Kardamoms Jolle gegen Wellen und Wind dem fernen Gestade Schleswig-Holsteins entgegen.

„Welche Lust zu segeln," dachte er. „Nicht nur der Blick auf das Zuhaus von fern. Das kurze Gaukelstück, es wäre möglich, sich unterwegs gemütlich zu ändern und sich zuhaus neu einzubringen. Nein, vielmehr die Bilder und Farben: die Segel stehen. Selbst das Achterliek des Groß flattert nicht. Das Groß leuchtet weiß, umgeben von der Farbe Blau des Himmels und dem Stahlgrau der See, dem weichen Braun der Holzplanken. Das Schothorn der Fock ist heruntergebunden. Der Klüver fliegt allen Segeln voran. Dazu das Geheimnis des Horizonts: ein Gestade, von dem man weiß, dass dort Menschen leben. Aber sie sind noch weit fort.

Die Sprache der See: klatschende Wellen gegen den Bootskörper, glucksendes Bilgenwasser, Schoten und Fallen singen, eine Möwe schreit. Die Luft riecht so klar, so sauber, salzig schmeckt die überschäumende Gicht. Es gibt keine Zeit. Wie ich trotz aller Sorgen diese Augenblicke der Ewigkeit liebe."

So glitt er über die von den Scherbrettern der Fischkutter aufgekratzten Sände hinweg. Er glitt über tiefe Seesteilküsten, die letzte Heimat der Dorsche. Über Wracks, an deren Masten und Aufbauten zerrissene Netzstücke wehten, über die Spuren längst verwehter Stürme. Gleich einem Vogel über eine fremde Welt.

Kardamom band eine Schleppleine an den leeren Wasserkanister. Der folgte ihm hüpfend, Schweinswale anlockend. Kardamom nahm die fast leere Rumflasche und verschenkte den Rest. Schrieb einen Brief:

> „Liebe Margarethe
> Wir müssen uns unbedingt zum Tee treffen
> In Dänemark ging alles schief
> Das mit dem neuen Denkmal in Marstal spaltet meine Seele
> Lass uns drüber reden … Dein Augustin."

Kardamom schraubte die Flasche zu. Das Papier der Flaschenpost saugte den letzten Tropfen Rum auf. „Einerlei," dachte er, „es wird Sie nicht stören." Er warf die Flaschenpost über Bord. Plötzlich tauchten sie auf, die Tümmler. Nahmen die Flasche und spielten sie sich zu. Kardamom lachte.

Schleimünde kam in Sicht. Klein Sansibar oder, wie die Fischer es nannten, bi de Hütt: der rostige Leuchtturm, die Schlei. Kardamom wärmte den Glühkopf seiner Maschine und kurbelte sie an. Lief in die Schlei ein und ließ die Segel fallen. Verlangte viel vom alten Hundestedt. Gallig stieß der Glühkopfmotor Puffwolken aus, kurzatmig wie ein überforderter Läufer hastete er über die flachen Sände. „Ich freu mich, sie zu sehen," murmelte Kardamom.

Querab Grauhöft stolperte der Hundestedt in seinem hastigen Lauf. Besorgt drosselte Kardamom die Gasölzufuhr, aber weitere Fehlzündungen folgten. Vor der neuen Klappbrücke in Kappeln musste er warten, klarte und kleidete Segel und Leinen, Hab und Gut. „Ich bleibe im Museumshafen. Aber wer wird mir nun helfen, den überforderten Hundestedt durchzuchecken?“ brummte er, „wie komme ich weiter schleiaufwärts?“

Er machte im Museumshafen fest. Die Brücke war voller Leute. Zwei Kamerateams filmten eine blonde Frau, die ein blaues Fahrrad auf die Brücke schob. Ein Zweimaster war von einem Fernsehteam für eine Tagestour gechartert worden. Auf diesem Schiff setzte Professor Kardamom seine Reise fort. Man war froh über eine helfende Hand am Fockmast.

Sanft dirigierte der gelockte Regisseur zwei Kamerateams auf dem Zweimaster, die Hauptdarstellerin, die beiden Toningenieure, die Maske. Die Frau von der Maske puderte der Blonden die Wangen nach. Die Toningenieurin überprüfte die Akkus der Tonsender und die Verdrahtungen, sie stolperte über ein Kabel. „Stolper ruhig,“ grinste ihre Assistentin, „um so früher krieg ich deinen Job.“

Der Regisseur ließ die Kameras Arnis und die Ufer der Schlei einfangen, die Blonde interviewte den Skipper.
„Schon als Kind wollte ich Kapitän werden …“
„Bitte noch einmal, ist der Ton gut, Kamerateam zwei, für das Interview brauchen wir den segelnden Schleikahn im Hintergrund …“
„Schon als Kind wollte ich Kapitän werden …“
„Bitte noch einmal,“ die Toningenieurin flippte über die kleinen Antennen ihrer Technik.

„Denn aber schnell, gleich ist der Segelkahn aus dem Bild.“
„Schon als Kind wollte ich Kapitän werden …“
Unter Segeln legte das Museumsschiff in Sieseby an. Ein sanfter Dipp gegen die Dampferbrücke. Eine seglerische Meisterleistung. Das Kamerateam war im Schleikrug angemeldet. Das blaue Fahrrad fuhr von Bord.

Kardamom konnte das Beiboot für ein paar Tage leihen und machte sich auf den Weg schleiaufwärts. Eine halbe Stunde später ließ er das Schlauchboot auf den kleinen Strand der Liebesinsel auflaufen.

„Ich will sie wiedersehen, Apfelbaum. Aber was weiß ich denn schon von ihr? Was will ich denn wirklich sehen, wenn ich das Mädchen mit dem weißen Halstuch wiedersehen will? Der Altersunterschied ist verboten groß. Wie soll das denn gehen? Ich bin fast schon ein Greis, auf jeden Fall aber nicht mehr jung.“

Der Apfelbaum am Inselstrand schwieg.

„Was könnten wir tauschen? Austauschen. Ich habe nichts mehr zum Tauschen. Ich spüre ihr gegenüber Befremden. Ich mag ihre übergroße Tierliebe nicht eintauschen gegen meinen guten Gerechtigkeitsinn. Sie ist nicht ohne Schuld. Ich bin mit Schuld aufgewachsen. Ich spüre Reste davon Meilen gegen den Wind. Die drei Männer vom Campingplatz, sie waren so normal. Auf brutale Weise normal.
Schnaps und Bier und Zigaretten passen zu ihnen.
Kokain passt nicht dazu.
Bobo und Koks, das passt.
Passt wie Kardamom und Kaffee.

Nein, die drei passen nicht zu Harvey.
Aber sie gibt mir eine Tüte Kokain.
Harvey hat die Tüte wieder erkannt.
Warum sonst ist er sofort verschwunden in Marstal.
Vieles passt nicht.
Ich bitte dich, mach es passend, Apfelbaum."

Lange schwieg der Baum.

„Das Mädchen nahm das Paddel ihres Kanus in die Hand. Aufgeregt wussten die Gänse: Es ging los zum Tauchen. Sie paddelte in eine stille Schilfbucht und warf den Gummihandschuh ins Wasser. Bei den ersten Tauchgängen sog sich das Gefieder der Gänschen noch voll. Es lag nicht am Fett. Nein, es lag an der elektrischen Aufladung. Die Mutter, Feder an Feder. Köpfeln, Körperkontakt. Das Mädchen rieb die jungen Gänse mit einem Seidentuch ab. Da wurden sie dicht. Shiva tauchte gern nach dem Handschuh. Selbst wenn ein kleiner Stein drin war. Sie holte ihn hoch und brachte ihn ihrer Mutter."

„Du meinst, eine ihrer Gänse hat das Tütchen aufgefischt? Das kann sein. Es ist von der Kairos geweht, die in der Königsburg ankerte. Aber aus Rache drei Menschen zu töten, ist krank," entgegnete Kardamom.

„Rache, Buße, Ausgleich, die Arme der Schuldwaage … Worthülsen. Ich will dir von ihr erzählen. Wie es vielleicht war. Vielleicht waren da zwei Kinder, Augustin, Geschwister. Sieben Jahre alt und neun Jahre alt. Vielleicht gingen sie baden im Sommer. Auf der Bullenkoppel, im klaren Wiesenwasser. Ein Zaun führte durch den Wiesenweiher. Ein Zaun, den man nicht sehen kann. Weil er untergegangen war, überflutet. Vielleicht schwimmen

sie im Teich und ihr Bruder verfängt sich in einer Stacheldrahtschlinge.
Im versunkenen Zaun.
Und sie will ihn befreien, und es geht nicht. Vielleicht ertrinkt er vor ihren Augen. Sie kann ihn nicht retten. Sieht die letzten Luftblasen seinen Mund verlassen. Ihn hilflos und panisch sterben im klaren Wiesenwasser. Wohin sie gar nicht gehen durften. Sie holt Hilfe, und es ist viel zu spät. Keiner kommt damit klar. Wie soll man das. Vielleicht kommt daher ihr Zwang, zu helfen und zu retten. Wenn man Menschen nicht helfen kann, lassen sich aber Tiere retten. Vielleicht war es so, Augustin, aber nur vielleicht."

Kardamom blickte aufs Wasser, in dem sich der Himmel spiegelte.

„Ich muss sie wiedersehen," sagte er, „ich muss. Was helfen die alten Geschichten. Wem hilft meine Ermittlung. Ich liebe dieses Mädchen."
„Es sieht ganz so aus," schien der Baum zu antworten.

Kardamom stürzte zum Boot. Startete den Außenbordmotor und raste zu Jakobs Brücke. Er musste sie sehen.

Ich bin nicht du, ich weiß dich nicht

Nachdem Professor Kardamom das Schlauchboot ins Schilf gezogen hatte, stand er verwundert vor der Fassade seines Elternhauses. Sie war jetzt gestrichen und selbst die maroden Fenster hatten Farbe abbekommen.

„Ich muss dich loben, Kardamom. Ich muss dich einfach loben. Mit welcher Schlauheit du wenigstens Jakob nicht verraten hast. Nachdem sich der selbsternannte Chefermittler der Schleiregion dermaßen dämlich in Marstal aufführte, steht er jetzt auf der Abschussliste des Drogensyndikats. Sie werden überall nach dir suchen, bingo? Das sind Profis, die finden, was sie suchen. Ach mein lieber Augustin, alles ist hin, bingo."

„Ich bitte dich nur um eines, Gingko, sing dieses Lied nicht. Man darf Verletzte nicht schlagen."

„Aber du bist immerhin nicht mit deinem alten Zossen hierher gesegelt, den jeder kennt. Selbst das Schlauchboot hast du ins Schilf gezogen, perfekt. Eine Straßenwalze, die Vorsicht und Feingefühl entwickelt, Kardamom. Was, keine schlagfertige Antwort?
Alles ist hin. Drei Camper sind hin. Bobo. Der Hundestedt. Wir alle sind bald hin. Treffer, bingo!"

„Dor kiekst du, häh? Hett allens de Deern molt, ohne Gerüst. Blots mit de Ledder. Wi kriegt dat unser Leevdag nich torecht. Se molt dat ganze Hus in dree Daag, jojo."

„Ist sie im Ziegenstall, Jakob?"

„Jojo, ick segg di, Broder, lat de lütt Deern in Roh … Kannst hebben, ik schmiet di din Adler in de Slie …"

„Das brauchst du nicht, Jakob. Wie oft hat mein Adler von 1841 in der Schlei gelegen! Er fährt schon lange nicht mehr, der Elektromotor ist längst verrostet. Das ist gemein, Jakob. Lass du die Finger von meiner Eisenbahn auf dem Dachboden! Vater hatte sie mir geschenkt!"

Kardamom machte sich auf den Weg zum Ziegenstall. Das Mädchen mit dem weißen Halstuch saß eingehüllt in eine Decke am Tisch draußen vor der Tür und schrieb.

„Hallo Lou. Schön, Sie wieder zu sehen. Ich habe Ihnen etwas aus Marstal mitgebracht."
„Warten Sie, ich setze Wasser für einen Kaffee auf. Ich habe frischgerösteten Maragogype aus Kiel mitgebracht. Wussten Sie, dass im Deutschen Kaiserhaus nur Maragogype getrunken wurde?
Nur die großen Maragogypebohnen werden nicht mit anderen Sorten verschnitten. Die verschiedenen Größenverhältnisse der Bohnen würden sofort auffallen. Maragogype darf man auch nicht zu stark rösten. Minderwertige Massenkaffees dagegen werden scharf geröstet und schmecken entsprechend.
Zimtfarben, fast orange sollte das Kaffeemehl des Kaisers sein.Wenn aber nur milde geröstet wird, Professor, verraten sich sofort alle Kaffeefehler. Maragogype hat keine Fehler. Ich habe im Internet recherchiert. Frischgemahlener Maragogype, dazu soll eine Prise Kardamom passen."

Sie lachten.

Während das Mädchen Kaffee braute, packte Kardamom sein Geschenk aus. An einem kleinen Stand in Ommel hatte er für einige Kronen einen kleinen Lochstein erstanden, durch den ein dünnes Lederband gefädelt war. Lou kam mit zwei Bechern dampfendem Wildwestkaffee heraus.

„Eine dänische Lochsteinhalskette," sagte Kardamom, „mit einem Wunsch frei."

„Darüber freu ich mich. Erzählen Sie von Marstal, Augustin.“

„Ach, ich hab Mist gebaut. Ich war so aufgebracht über ein neues Denkmal für die unvergessenen Dänischen Seeleute. Es steht im Eingang des Hafens in Marstal. Ein Denkmal für Seeleute, die als Freiwillige im Zweiten Weltkrieg gefallen sind. Sicherlich ein nötiges Denkmal. Nun, ich habe mich dazu hinreißen lassen, der Kairos zu drohen. Ich habe ihr ein kaputtes Skatebord in den Mast gehängt.“
Lou lachte: „Ja, das ist wirklich eine tödliche Drohung.“
„Harvey, der Skipper der Kairos, hat wahrscheinlich einen seiner Dealer mit einem Skatebord getötet. Ich habe Ihre Kokaintüte auf das Skatebord geheftet. Die Kairos ist sofort ausgelaufen, mitten in der Nacht. Harvey hat sie sicherlich versenkt, alle Spuren beseitigt.“

Lou erblasste. „Wow, Kardamom! Das ist wirklich eine Kampfansage an das Drogenkartell. Das ist ein Fehdehandschuh. Sind Sie stark genug für einen Kampf … Ohh, Augsutin, sind wir stark genug für einen Kampf?“

Kardamom schaute das Mädchen mit dem weißen Halstuch an. Sie war das ferne Land. Dort wollte er sein, nirgends anders. Sie hatte eben wir gesagt. Wir, das Zauberwort.

„Der Kaffee schmeckt so gut wie noch nie,“ sagte er, „natürlich sind wir nicht stark genug für einen Kampf mit denen. Ich hätte Harvey nie enttarnen dürfen. Das verstößt gegen alle Regeln der Ermittlungskunst. Ich hab’s vermasselt, ihn gewarnt. Dümmer gings nicht. Es war dieses Mahnmal. Ich bin ein Nachkriegskind. Tief trau-

matisiert durch die Geschehnisse im Zweiten Weltkrieg. Diese Verbindung, die Kairos vor dem Mahnmal, da bin ich ausgerastet und hab die Ermittlung beendet. Denn darauf läuft es hinaus. Aber die drei Irren auf dem Campingplatz hat Harvey sicher nicht auf dem Gewissen. Das glaubt Kardamom nie und nimmer.
Die passten zu Bier und Schnaps und Zigaretten. Zu einer versuchten Vergewaltigung. Vogelschrot aus Opas Kleinkaliber und Kokain, das passt nicht. Ich muß darüber reden, Lou: Die drei sind in die Luft gesprengt worden. Mit einer kleinen Dose Flüssiggas. Sie hatten ein starkes Motiv: Rache, Ausgleich. Sie sind eine radikale Tierschützerin. Sie waren am Tatort."

Das Mädchen mit dem weißen Halstuch schwieg lange.

„Ach, der Herr Augustin ermittelt jetzt wieder in die andere Richtung. Schlau magst du ja sein, Kardamom, aber was im Leben wirklich wichtig ist, davon begreifst du nichts. Null Peilung!"
„Und dir ist der Begriff der Lüge unklar."
„Ja, das mag sein, Wahrheit ist oft ein langer Umweg, und ich bin jung und ungeduldig. Manchmal hab ich's eben eilig. Lügen ist nicht so schlimm. Lügen setzt eine hohe Sozialkompetenz voraus. Mit drei Jahren muss man schon anfangen zu lügen, damit man es später vernünftig kann. Wie viele kleine Kinder lügen ihre Eltern an? Tragen große Lasten auf ihren kleinen Schultern. Sie spüren genau, wie inkompetent ihre Eltern mit der Wahrheit umgehen und muten ihnen das lieber nicht zu."

„Was willst du mir damit sagen, Lou? Mutest du mir irgendeine Wahrheit nicht zu? Oh, wie ich das Lügen hasse! All die Lügen! Festgetrampelt zu einem fadenscheinigen

Fundament wurde unser Land darauf aufgebaut. Von wegen Sozialkompetenz, eine Lüge ist vorenthaltene Gerechtigkeit, ist Gerechtigkeitsdiebstahl. Warum belügt mich das Fräulein Lou und schiebt mir eine Tüte Koks unter, das vermutlich ein Gänschen beim Tauchen gefunden hat, drüben bei der Kairos in der Königsburgbucht. Treu und brav angeschleppt hat. Warum will das Fräulein Lou Kardamom, den senilen Idioten, auf eine falsche Fährte locken. Ich, Kardamom, wage eine Hypothese: weil das Mädchen mit dem weißen Halstuch von etwas ablenken will! Mein ist die Rache, heißt es irgendwo. Du wolltest die Gänse rächen, war es nicht so?"

Seltsamerweise schien das Mädchen mit dem weißen Halstuch trotz Kardamoms Anschuldigung erleichtert zu sein.

„Da ist etwas Kaltes in deinem Verhalten, Kardamom. Distanz. Fehlender Mut zur Nähe. Daran leidest du schon lange, vermute ich. Man sollte freundlich sein, wenn man Freundschaft will. Mir scheint, du wirst immer unfreundlicher, je mehr Freundschaft du erwartest. Solche Verhaltensweisen passen vielleicht zu Kindern in der Trotzphase, zu einem Erwachsenen passen sie nicht."

„Vergessen, manchmal ist es nötig, Schmerzen zu vergessen, auch wenn der eigene Bruder gestorben ist," setzte Kardamom nach.

„Aha, Kardamom. Wie meinst du das? Ich hatte leider nie einen Bruder. Aber du hast einen. Um den solltest du dich nachhaltig kümmern. Du willst richten und vergeben. Deine verflixte Generation will richten und vergeben. Ihr steckt so tief im Sumpf der Schuld. Gleich packst du die

Schuldwaage aus und die Sanduhr. Jakob hat mir viel von euch erzählt. Soll ich mal einen Spaten holen. Komm Augustin, wir buddeln Marianne aus. Komm!“

Lou stand auf und griff den Spaten, der an den Ziegenstall gelehnt stand. Mit zornigen Schritten stapfte sie in Richtung Hof. Kardamom folgte ihr.

„Warte, Lou, bitte warte. Es tut mir leid.“

Das Mädchen mit dem weißen Halstuch wartete nicht. Sie fegte die vertrockneten Blumen vor der Mariannenesche beiseite und begann zu graben. Kardamom stand davor und weinte. Weinte wie aus geöffneten Schleusen. Wie nach einem Deichbruch schürfte das hereinflutende Wasser eine Wehle aus Tränen.

Lou stieß beim Graben auf etwas Hartes. Aber es war kein Skelett. Der Spaten schrammte eine Kiste aus Blech. Kardamom half ihr schluchzend, die Kiste aus dem Loch zu heben. Lou hebelte die Kiste mit dem Spaten auf. Ein verblichenes Foto lag obenauf. Es zeigte eine junge Frau, dem Mädchen mit dem weißen Halstuch nicht unähnlich. Darunter ein dreckiges Tuch. Das Mädchen mit dem weißen Halstuch nahm es und wickelte es auf. Ein rostiges Achsschenkelgelenk. Mehr war nicht in der Kiste.

„Wollen wir reden,“ fragte Lou, wirklich ehrlich reden? Ich bin nicht du, ich weiß dich nicht. Du bist nicht ich, du weißt mich nicht. Wollen wir so reden, Augustin?“

Kardamom nickte: „Ich hab den Achsschenkel an Mariannes Morgan gewechselt. Hier bei uns auf dem Hof in der Werkstatt. Sie fuhr vom Hof. Gleich gegen einen Baum. Ich hab sie auf dem Gewissen, bin schuld an ihrem Tod," murmelte Kardamom.

„Hast du das nachgeprüft, ist es untersucht worden?" Kardamom schüttelte den Kopf.

„Dann hast du vielleicht einen folgenschweren Fehler begangen. Ich aber habe drei Männer aus Rache getötet. Und ich würde es wieder tun. Wieder und wieder und wieder und wieder. Sie haben meine Kinder abgeballert. Sie gerupft. Sie gebraten. Nun hat das Leben sie ebenfalls gebraten. Zu Recht. Es stimmt. Ich habe die Gaskartusche in ihr Zelt geschoben. Zeig mich an, Augustin."

„Woher hattest du das Gas denn so schnell," fragte Professor Kardamom, „du kochst im Ziegenstall doch mit Petroleum. Wenn man diese Dinger benutzt, fehlen sie einem ständig. Wenn man sie aber nicht benutzt, bevorratet man sich damit nie und nimmer. Lou, etwas stimmt da nicht."

Lou sah Kardamom mit tanzenden Pupillen an: „Kardamom, mit dir kann man einfach nicht reden!" Sie gab ihm eine Ohrfeige und rannte zurück zum Ziegenstall.

„Du kannst es nicht. Sie konnte es nicht. Deine Mutter konnte es nicht. Diese hier kann es. Meinst du etwa, ich bewahre und beschütze Achsschenkelgelenke? Nein. Meine Wurzeln reichen bis an den Quell hinunter. Ins Reich der Weisheit und in die Geheimnisse des Todes. Ich schütze das Erinnern, Kardamom. Wie heißen sie, die beiden Arme deiner Schuldwaage? Hast du die Antwort bereits herausgefunden?"

„Schuld und Unschuld, wie denn sonst,“ antwortete Kardamom und machte sich daran, die kleine Grube wieder zu verfüllen.
„Was bringt es dir, Kardamom, dich so festzukrallen?“
„Ich bin es, der in den Krallen der Vergangenheit hängt, ich selber halte nicht fest.“

„Schadensbegrenzung, Augustin, kleiner Wirrkopf, Schadensbegrenzung. Das Drogensyndikat ist hinter dir her. Die haben dich gesehen, auf der Großen Breite, in Schleswig, in Marstal, bingo. Sie haben im Museumshafen nach dir gefragt. Das Schlauchboot muss hier weg. Du musst nach Kappeln, nach Haus. Retten, was zu retten ist. Rette dreißig Jahre Tagebuchaufzeichnungen. Die wird Harvey als erstes mitnehmen, bingo? Halte uns hier aus der Geschichte heraus.“

Kardamom schluckte. Die Tagebuchaufzeichnungen in seiner Wohnung. Wenn Harvey ihn am Wikingturm und in Marstal gesehen haben sollte, dann würde er auch seinen Wohnort ermitteln können. Seine Beobachtungstagebücher waren sein unbezahlbarer Lebensschatz. Er musste wirklich sofort zurück. Kardamom eilte in die Küche und stellte Kaffeewasser auf den Herd. Jakob setzte sich zu ihm.

„Ik heff de Adler inölt. Noch löppt he nich, August. Aber ik krieg em wedder torecht.“
„Das ist lieb, Jakob. Ich muss nach Kappeln, etwas aus meiner Wohnung holen. Ich nehm’ das Schlauchboot und komme mit dem Taxi zurück. Pass auf sie auf.“

„Se hett nix Böses doan, August. Se is unschullig. Dat ward all düster, fohr leever morgen na Kappeln, häh?“

Kardamom schüttelte den Kopf, füllte Kaffee in die Thermoskanne und machte sich auf den Weg. Es war bereits dunkel. Eine Nachtfahrt über die Schlei. Unten im Schilf saß Lou im Anorak auf dem Boot. Schaute ihn an.

„Nimmst du mich mit, Augustin?“

Kardamom strich ihr übers Haar und nickte. Er schob das Schlauchboot ins Wasser neben den Steg, half ihr beim Einsteigen und startete den Außenborder.

Spiegelblank war die Schlei. Quallig kroch der fast volle Mond über die Hügel Schwansens und spiegelte sich im stillen Wasser. Alle Lichter, alle Uferbäume und Baumgruppen, Pappeln und Steilküsten erschienen doppelt im schwindenden Licht. Es war Hochwasser und der Strom hatte Schwaden frischen, salzigen Ostseewassers in die Schlei gedrückt. Im Kielwasser leuchteten sich entzündende Noctilucaalgen, Nachtlichtalgen.

Die Gänseinsel schwamm wie ein doppeltes Tannenei im Mondwasser.

Es waren wenig Lichter auf der Schlei. Um Ulsnis herum waren die Ufer dunkel. Nur in der Ferne die Lichter der Brücke von Lindaunis. Kardamom stoppte den Motor, und das Schlauchboot verlor Fahrt auf einer Welle von leuchtenden Algen. War es ein Mond, der sich dort spiegelte?
Nein, es waren zwei, drei, vier und noch mehr Monde, von den Bugwellen vermehrt und zum Tanzen gebracht. Dann war es still, wirklich still. Kardamom füllte Kaffee in einen Becher für sie. War es wirklich still?
Nein, da stob ein kreischender Schwarm schwimmender Gänse auf, von irgendwo am Ufer. Kurz brodelte das ge-

tretene Wasser und die Luft sirrte. Leichtfüßig startete woanders ein Entenvolk. Die Schreie der Gänse verloren sich in der Weite, die Enten flogen lautlos davon. Vom Schilf her kam der stumpfe Kehlschrei eines Reihers, dann hatte sich die Vogelwelt beruhigt, und Stille kehrte ein. Bitter und modrig roch das Schilf bis hin zu ihnen. Jetzt rief ein Käuzchen und wartete auf Antwort von der anderen Schleiseite.

„Ich muss dich was fragen,“ unterbrach Kardamom die nächtliche Stille auf der Schlei.
„Dann frag,“ antwortete Lou.
„Warum trägst du ständig ein weißes Halstuch?“
„Geht dich nichts an,“ antwortete das Mädchen, „das geht keinen etwas an.“

Schönwetterwolken erschienen am Himmel, beleuchtet vom Mond, und Nachtschafe badeten in der funkelnden Schlei. Kardamom startete den Motor und setzte die Fahrt fort. Lindaunis war jetzt nah, und wie ein kleiner, leuchtender Wurm schob sich der Regionalexpress über die Schleibrücke und verschwand hinter den Büschen Angelns.

Kardamom raunte Lou zu: „Wenn die Brücke sich für den Autoverkehr wieder öffnet, fahren, seitdem ich die Schlei kenne, die Autos von der Angeliter Seite zuerst über die einspurige Brücke. Ein Brückenwärter sitzt im Turm und regelt den Verkehr mit einer Halbschranke. Jede Tagesstunde die Hubbrücke für die Schifffahrt öffnen, zwei Züge durchlassen, den Autoverkehr, das ein Leben lang ohne einen einzigen tödlichen Fehler zu begehen, ist eine schwere Aufgabe. Aber Angeln hat Vorfahrt vor Schwansen, so ist das nun mal.“

Sie glitten unter der beleuchteten Eisenbahnbrücke hindurch, in der Ferne lockte Arnis. Sieseby, Boknis, Karschau, Winnemark, die Orte verrieten sich jeweils nur mit ein paar Lichtern, und selten war ein Auto auf den Schleistraßen zu sehen.

Als sie Arnis passierten, spiegelten sich die Fassaden Sundsackers im Schleiwasser wie ein Wasserschloss, die Masten der Arniser Werften stachen in den Nachthimmel. Jetzt waren die Ufer erleuchtet, und in der Ferne war der Kirchturm Kappelns zu erkennen. Auf ihn hielt Kardamom mit dem Schlauchboot zu, auf die Milchzuckerfabrik und den Museumshafen davor.

Er machte das Schlauchboot vorn und achtern unter den Davids des Zweimasters fest, sie stiegen auf die Brücke. Etwas lag dort im fahlen Licht auf den Brückenbohlen. „Schau, Kardamom, ein Teddy, ein hübscher alter Teddy," sagte das Mädchen mit dem weißen Halstuch, „den nehm ich mit."

Im Vorübergehen schaute Kardamom zu seiner Jolle und erschrak. Er stieg hinunter. Dort auf der Sitzducht reglos vor dem Mast: eine tote Taube. Der Mond tauchte sie in sein Licht. Kardamom erkannte einen Rußstreifen auf ihrer Brust. Er legte sie zurück auf die Ducht und atmete schwer. Schaute schweigend hoch zu Lou, die auf der Brücke stand.

„Komm," sagte sie.

Kardamom zögerte. Öffnete die Kaptitänskiste, nahm die Signalpistole heraus und lud sie mit einer Leuchtpatrone. Auf dem Weg in die Stadt besprachen sie ihr Vorgehen.

„Warte du vor der Wohnung, ich tu so, als käm ich einfach nur spät nach Haus," sagte Lou.

Kardamom nickte. Gab dem Mädchen die geladene Signalpistole.

„Da ist ein Hängeschrank über dem Schreibtisch, ich brauche nur die gebundenen Bücher mit den Jahreszahlen darauf," sagte er zu ihr, „die Wohnung steht offen, ich schließe nie ab. Sei vorsichtig. Geh kein Risiko ein. Schieß rot, wenn du bedroht wirst. Soll ich nicht lieber gehen?"

Kardamom wartete bangend unter seiner Linde.

„Jetzt bringst du dieses Flittchen auch schon mit zu uns nach Hause, Kardamom. Das gefällt mir ganz und gar nicht. Immerhin brennt da kein neuer Kuss auf deinem Gesicht. Sie wird dich sowieso fallen lassen wie eine heiße Kartoffel, sie ist viel zu jung für dich. Was hast du immer mit diesen jungen Dingern? Denk mal über dein Frauenbild nach.
Für dich gibt es Frau nur in der Verbindung mit jung, schön, klug und attraktiv. Mach dir mal Gedanken über den Lauf der Zeit. Genau wie du werden all diese jungen Frauen alt. Sie reifen. Sind anders attraktiv. Auf tiefere Art. Und trotzdem schön. Also Kardamom, wie ärmlich sieht eine junge Linde aus, nicht zu vergleichen mit mir."
„Tilia, war in meiner Abwesenheit jemand in der Wohnung?"
„Das weiß ich nicht."
„Ich bin also entwicklungsgestört, was Frauen anbelangt, Tilia?"
„Das aber sicher. Weißt du eigentlich, wie alt du bist!"

„Wäre Marianne bei mir geblieben, wäre ich gern mit ihr zusammen alt geworden. Ich finde zusammen alt werden völlig o.k. Ich mag sogar alte Linden, Tilia."
„Das war ja ein Kompliment. Ein Kompliment der eigenen Ehefrau gegenüber zählt doppelt. Das mit Marstal hat mir gefallen, Ingwerkeks. Zeig denen die harte Kante und denk an deine Tilia. Deine Frau bin ich, vergiss das nicht, Süßer."

Lou kam zurück, mit zwei Tragetaschen voller Bücher.

„Es ist eingebrochen worden bei dir, Kardamom. Solch eine Unordnung habe ich noch nie in meinem Leben gesehen. Die haben etwas gesucht. Kannst du dir vorstellen, was? Es sieht schlimm aus bei dir. Nur die Küche haben sie verschont. Zum Glück hatten sie an deinen Tagebüchern kein Interesse, hier sind sie."

Kardamom war erleichtert. Sie gingen hinunter zum Hafen und nahmen ein Taxi. Lou war müde. Auf dem einsamen Weg zurück über die nächtlichen Schleistraßen schlief sie ein. Lehnte sich bei Kardamom an. August legte den Arm um sie. Strich ihr sanft übers Haar. Unterdrückte den Impuls, das weiße Halstuch ein Stück zur Seite zu schieben. Einen Blick auf ihren Hals zu stehlen.

Maximin, Bewahrer ewigen Feuers

Selten hatte sie sich soweit in den flachen Fjord gewagt. 1926 von Stephan George in Auftrag gegeben und in Wollin als erstes Stahlschiff auf Stapel gelegt, war sie eine unwiderstehliche Schönheit.

Professor Kardamom war mit dem Rad zum Bäcker nach Ulsnis gefahren und hatte Rundstücke gekauft, frischen Käse, Mandeln, den Schleiboten. Nun bereitete er das Frühstück für sich, seinen Bruder und das Mädchen mit dem weißen Halstuch in der Küche des alten Bauernhauses vor. Kardamom hatte den Tisch gedeckt und sich zum Frühstück etwas Besonderes überlegt: ein leichtes Pesto aus Bärlauch, der jetzt reichlich unter dem Gingko wuchs. Er schnitt die Blätter klein, gab sie in eine Schüssel und fügte geriebene Mandeln und Olivenöl zu. Schmeckte mit Essig und Honig ab, und verfeinerte das Bärlauchpesto mit Zimt und Salz.

Kardamom freute sich auf das Mädchen mit dem weißen Halstuch. Er hatte sie im Ziegenstall Kakao trinken sehen und vom Bäcker aus Ulsnis Milch und Kakaopulver mitgebracht.

„Ich werde ihr einen Kakao brauen und ihn mit Honig süßen," dachte er. Da sah er das unverwechselbare Rigg der „Maximin" über dem Schleischilf. „Die Maximin," dachte Kardamom, „fast niemand weiß, dass Stephan George ein Faible für das Hochseesegeln hatte. Dass er ein Alter Ego besaß, wie alle es besitzen, um in jener unsäglichen Balance zu bleiben, die das Leben verlangt. Vielleicht ist die Maximin unsere Rettung."

Die Maximin wendete in Richtung Missunde.

„Dass sie sich bei drei Meter Tiefgang in die innere Schlei traut. Wie schön sie ist mit ihrem Kutterheck und wie groß. Sie wird ihre 2o Meter Länge haben," wunderte sich Kardamom. Er kannte den Skipper Gutmund Tygbrandson schon lange. Tygbrandson hatte eine fabelhafte

Karriere hinter sich. Zuerst war er Kardamoms Arbeitskollege bei der Getreide AG gewesen und hatte Heizöl ausgefahren und den „Dokter“ chauffiert, den Chef der Getreide AG. Dann heuerte er auf einem Frachter an und war verschwunden, bis er mit der Maximin wieder aufgetaucht war und nun ab und zu Charterfahrten mit seiner Jacht unternahm.

Kardamom folgte seinem Impuls, legte ein viertes Frühstücksbrett auf den Küchentisch und griff in die Ermittlungstasche. Holte die Signalpistole heraus. Lief zum Schleiufer und schoss Rot, begann zu winken.

Tygbrandson nahm das Glas, ließ die Maximin einen langen Ton ausstoßen und vertäute sein Schiff am Anleger Königsburg. Er bestieg das Beiboot und nahm den alten Arbeitskollegen in die offenen Arme.

„Komm, Tygbrandson, ich lad dich zum Frühstück ein. Vielleicht kannst du uns weiter helfen.“

Als sie eine Weile später zu viert am Kaffeetisch saßen, Tygbrandson, Kardamom, das schöne Mädchen von der Schlei und Jakob, konnten sie im sonnigen Maimorgen sowohl die Yacht an der Königsburgpier sehen wie auch das Inselchen Kieholm und den Lustberg dahinter, der mit Bank und Dornenbusch an chinesische Tuschezeichnungen erinnerte. In Angeln begann der Raps zu blühen.

„Ich will euch mal was sagen,“ hob der etwas dick gewordene Gutmund als erster an, am Frühstückstisch zu erzählen, „jetzt, wo der Raps blüht, gibt es auf der ganzen Welt keinen schöneren Ort als den Schleifjord.

Fast alle Dichter haben ja wenigstens ein schönes Gedicht geschrieben. Und so sind auch die Landschaften dieser Erde jeweils wie ein schönes Gedicht. Und glaubt mir, ich habe sie alle gesehen, die Länder dieser Erde. Jede Gegend hat ein Ding, da sagt man: Hokydoky, ist das schön. Aber die Schlei im Mai ist anders. Da ist einfach alles schön.
Die Schlei im Mai ist wie Stephan George, jedes Gedicht von ihm ist schön! Alles an der Schlei im Mai ist schön: die blühenden Obstbäume, der Flieder, der Raps, die Wolkenbilder, die segelnden Schiffe und … hokydoky, die Frauen."

Verliebt schaute Gutmund Tygbrandson zuerst zur Maximin hinüber, dann wanderte sein Blick zu dem Mädchen mit dem weißen Halstuch.

„Wer war Stephan George," fragte Lou.
„Ein deutscher Dichter Anfang des letzten Jahrhunderts mit riesengroßem Einfluss. Das Vorbild der konservativen Elite Deutschlands. George träumte von einer konservativen Revolution, von der Rückkehr alter Werte, des Kaisers, vom neuen, modernen Ritterreich. Man vergaß ihn dann … Was niemand weiß: George hatte damals den genialen Konstrukteur Max Oertz dafür gewonnen, die Maximin zu entwerfen und ihre schlanken Formen und das Kutterheck stahlen jedem Mann sein Herz für immer. Mit der Maximin wollte George das Atlantikrennen gegen die Peter von Danzig gewinnen. Am Ende ihres rostigen Lebens aber dümpelte sie auf einer portugisischen Abwrackwerft dahin, war auf Herz und Hand eines kräftigen Mannes angewiesen, auf Tygbrandson," antwortete Kardamom.

„Hört mal zu," antwortete Tygbrandson,

‚Einst langt ich an nach guter fahrt
Mit einem kleinod reich und zart
Ich suchte lang, man gab mir kund
Lang schläft es hier auf fjordes grund
Worauf es meiner hand entrann
Und dann des freundes hand gewann …'

Ist das nicht wunderschön?" Gutmund langte in die tiefe Tasche seiner Kapitänsjacke mit den goldenen Knöpfen, die sich über sein Bäuchlein spannte, und holte eine Flasche aus der geräumigen Unendlichkeit seiner Jackentasche. „Das ist das Kleinod, reich und zart, August. Es ist die Flasche Tokaierwein, die wir auf der Tankstelle 1966 als Trinkgeld von diesem ungarischen Hochzeitspaar geschenkt bekamen. Zufälligerweise lag ich mit der „Maximin" in Kappeln an der Pier, als die Tankstelle abgerissen wurde. Ich ging hin und fand im Öllager auf dem obersten Bord versteckt die Pulle. Ich schenk sie dir, du bist der Älteste von uns Nachgebliebenen der Tankstelle."

Lou nahm die Flasche und versuchte, das Etikett zu lesen: „Tokaier, Jahrgang 1955, dem Geburtsjahr meiner Mutter. Das ist absolut verrückt, darf ich davon kosten, wenn ihr die Flasche aufmacht?"

Jakob bestrich sich ein Brötchen mit Bärlauchpesto und löffelte eilig sein Frühstücksei. Als er sein Frühstück beendet hatte, ging er in den Garten. Kardamom kramte aus einer Küchenschublade einen Korkenzieher heraus und öffnete die alte Flasche. Putzte ein Wasserglas sauber und schenkte ein. Ölig floß der Tokaier ins Glas. Er reichte es dem Mädchen. Sie probierte und rümpfte kommentarlos die Nase.

„Was ist los," fragte Tygbrandson, „in welchen Schwierigkeiten steckt ihr?"

„Wir sind der Mafia auf der Spur," flüsterte Kardamom. „Dem Kokainschmuggel auf der Schlei. Leider habe ich bei meinen Ermittlungen einige unverzeihliche Fehler gemacht. Es wäre gut, wenn wir ein paar Tage hier aus der Schußlinie verschwinden."

„Ich kenne deine Ermittlungsleidenschaft, August. Du bist ein alter Kumpel. Gern nehm ich euch auf der Maximin mit," sagte Tygbrandson, „ich bin auf dem Weg nach Schleswig und will dann ein paar Tage in der dänischen Südsee verbringen. Kommt doch gleich nach dem Frühstück schon mit."

„Gemach, gemach," antwortete Kardamom, „Gutmund, ich brauche den heutigen Tag noch für ein paar Besorgungen …"

„Ich würde gerne mitkommen nach Schleswig," sagte Lou, „ich kenne dort eine Frau, die im Kaffeesatz lesen kann. Ich bitte euch, mir eure beiden Kaffeebecher mitzugeben, wenn ihr ausgetrunken habt. Außerdem hat mich Harvey nie richtig gesehen. Ich sah immer nur seine Frau auf der Kairos. Ich werde im Wikingturm recherchieren; was dort mit der Wohnung im achten Stock ist."

„Das kommt gar nicht in Frage, das ist viel zu gefährlich," sagte Kardamom.

„Ich verbürge mich für ihre Sicherheit und freue mich, Sie auf der Maximin begrüßen zu dürfen. Die Maximin verfügt über mehrere Kabinen mit eigenem WC, seien

Sie mein Gast. Morgen sind wir wieder hier," sagte Gutmund.

„Kommt nicht in Frage, sich so der Gefahr auszusetzen," begehrte Kardamom auf.

„Ich habe gehört, August," sagte das Mädchen mit dem weißen Halstuch, „ich habe gehört, dass Maulwürfe Regenwürmer mit in ihre Höhlen nehmen und sie dort aufbewahren als Futterreserve," sie schmunzelte, „die Maulwürfe fressen den Regenwürmern die kleinen Beinchen ab, damit sie nicht abhauen. Meine Graugänse brauchen mich nicht mehr. Sie haben einen alten Ganter kennen gelernt. Graugänse leben in ehelicher Treue. So werde ich übrigens auch mal leben. Es wird nur einen einzigen Mann für mich geben fürs ganze Leben ..."

„Aha," unterbrachen sie die beiden alten Männer.

„ ... Beim Brüten erwischt der Fuchs manchmal eine Brutgans. Das ist so. Nur ungern löst sich die Gans vom Nest. Solch einen übergebliebenen Witwer haben meine Kinder wohl kennen gelernt. Er lässt sie nicht mehr zu mir. Wenn sie zu mir wollen, steht er in sicherer Entfernung und lockt und hasst. Die Auswilderung scheint zu gelingen."

„Du willst gehen," fragte Kardamom beklommen.

„So, nun dreht bitte eure Kaffeetassen um. Damit der Kaffeesatz auf den Unterteller laufen kann. Dann legt ihr die linke Hand, die Herzhand, auf die Tasse und fühlt euren wichtigsten Fragen im Leben nach. Ich werde euch dann die Antworten der Wahrsagerin mitteilen, ohne die Fragen zu kennen."

Die Maximin fängt die schwimmende Wildsau

Jakob pflanzte Kartoffeln. Er hatte seinen Kartoffelacker sorgfältig vorbereitet. Im Winter hatte Grünkohl auf diesem Stück Gartenland gestanden. Ohne Grünkohl und Kartoffeln, so scheint es, halten die Menschen an der Schlei die regnerische Novembertristesse, das winterliche Leben an der Schlei nicht aus. Selbst vegetarische Schleibewohner lieben Grünkohl mit süßen Bratkartoffeln, gewürzt mit Piment und Muskat, dazu gebackene Maronen. Und das alles in einer vernünftigen Menge, damit es von den Resten am Folgetag Grünkohlsuppe geben kann.
So pflanzte Jakob Bamberger Hörnchen für die gezuckerten Kartoffeln zum Grünkohl und die gute alte Linda für alltags. Professor Doktor August Kardamom zog sein mürbes Holzkanu aus dem Schuppen, in dem auch der Morgan stand. Ein kleiner Zaubernussstrauch stand vor dem Schuppen.

„Niemand beachtet das Unscheinbare. Ja, wenn ich im Februar leuchtend und zart blühe, noch schöner als der pralle Winterjasmin, lange vor den anderen, dann freut sich selbst Jakob über mich kleines Sträuchlein. Aber sonst gelte ich hier nicht."

„Ach, meine kleine. Tut mir leid. Du hast ja recht.
Ich versprech' dir was, ja?
Ich bring dir aus Schwansen was Kleines mit.
Und ich beachte heute das Unscheinbare, Zaubernuss, dir zu Ehren."

„Wetten, Kardie, das vergisst du? Gut, wenn du mich kleine Zaubernuss nicht vergisst, wenn du mich genauso beachtest wie die großen Bäume, dann helf ich dir bei deinen Ermittlungen. Ein Tipp: Es ist alles ganz anders als du denkst. Ermitteln heißt zaubern. Weißt du nicht, was zaubern heißt? Das Undenkbare denken, das Unmögliche tun und Täuschung, daraus ist Magie gemacht. Mit Ocker und Blut die Zeichen der Runenschrift nachziehen, scheinbar alten Weisheiten auf die Spur kommen, die am Ende nicht stimmen, weil alles in Wirklichkeit aus geschicktem Handwerk besteht. Das ist Zauberei. Ich könnte dich zaubern lehren. Denke das Undenkbare, das Unmögliche. Halte alle Gewissheiten für vielleicht falsch und verkehrt. Vor allem Sinneseindrücke. Sie beruhen oft auf Täuschung. Sammle quere Denkweisen, mach dich im Kopf weich und flexibel. Stell dir vor, alles wäre immer noch wieder ganz anders. Schau um die Ecke. Dann beginnst du auf einmal zu zaubern, Kardie."

„Will es versuchen," sagte Professor Kardamom und zog das Kanu auf dem Bootswagen ins Schilf, ließ es einweichen. Er würde eine vernünftige Pütz brauchen.

In der Küche bereitete er sich einen Vorrat Kaffee zu, schmierte ein paar Brote und machte sich auf den Weg zu einem Spaziergang nach Missunde, den wirren Kopf auszukehren.

Das Holzkanu zog gewaltig Wasser. So legte Kardamom an der Halbinsel zum düsteren Stern an und verschnaufte eine Weile vom Paddeln und Pützen. Hier, auf der Halbinsel zum düsteren Stern soll jahrhundertelang eine Kapelle gestanden haben zum warnenden Gedenken an einen Brudermord, hieß es.

Lou und Tygbrandson waren mit dem Dinghy zur Maximin gefahren, und Gutmund hatte unter Segeln abgelegt. Die Maximin war als Stagsegelschoner mit hohen Masten getakelt. Elektrische Winden verrichteten die Arbeit vom Steuerstand aus. Tygbrandson konnte die große Yacht einhandsegeln.

Als sie aber in die große Breite einsegeln wollten, schrie das Mädchen mit dem weißen Halstuch: „Hey Skipper, was ist das?“ Etwas schwamm im Wasser, etwas Großes, Haariges. Es schwamm in Schlangenlinien, es navigierte unsicher. Lou nahm ihr Zeissglas, das 42iger und stellte scharf.

„Gutmund, Gutmund, da schwimmt ein Wildschwein im Wasser. Es ist völlig erschöpft, wir müssen das arme Tier retten.“

Tygbrandson luvte an und verfolgte die schwimmende Wildsau. Sein Echolot schrie Alarm, da war wenig Wasser unter dem Kiel der Maximin. Es rumpste und schon lagen sie auf. Tygbrandson löste die Schoten, die Segel killten im Wind. Lou sprang ins maienkalte Wasser und kraulte zur Sau. Tygbrandson ließ das Dinghy elektrisch aus den Davids ins Wasser gleiten, ließ mit einer Hebelbewegung am Schaltpult den Anker fallen und machte sich bereit, Mädchen und Wildsau dem kalten Wasser zu retten.

Es war eine junge Bache, und es war schwer, das Tier ins Beiboot zu bekommen. An Bord kam das junge Wildschwein über die Gurte der Heckdavids. Sie untersuchten das geschwächte Tier und entdeckte eine längliche Wunde.

„Gutmund," sagte sie, „wir müssen zum Tierarzt. Das Schleiwasser ist nicht besonders sauber. Die Sau braucht eine Antibiotikaspritze und vielleicht ein Aufbaumittel. Die Wunde muss dringend versorgt werden. Wie lange dauert es nach Schleswig."

„Wir sitzen fest, junge Frau. Gehen Sie bitte sofort unter Deck. Zuallererst brauchen Sie trockene Kleidung. Sonst sterben Sie noch vor dem Wildschwein. Vielleicht dauert es eine Woche, bis man eine Rinne zur Maximin gebaggert hat. Sonst wäre man in ein, zwei Stunden da."

„Gutmund Tygbrandson, bist du ein Mann oder bist du ein Mann. Segle, motore, warp dich mit dem Anker frei, tu etwas! Ein Tier leidet. Es braucht unsere Hilfe!"

Gutmund Tygbrandson scheuchte Lou nach unten und versorgte sie mit trockener Kleidung. Das Mädchen schlotterte.

„Sie werden jetzt heiß duschen, keine Widerrede," ordnete er an. Lou folgte zitternd seinen Anweisungen. Tygbrandson reichte ihr Bademantel und Badehandtuch. Als er wieder an Deck stieg, blickte er zurück zu ihr. Da steckte sie schon im Bademantel. Ihr Halstuch hatte sie abgenommen. Sie trug eine Kette. Eine Kette aus Stacheldraht verbarg sich unter dem weißen Halstuch. Tygbrandson schüttelte verwundert den Kopf. Dann nahm er mit dem Dinghy und dem langen Bootshaken die Tiefen um die Maximin herum und brachte einen schweren Warpanker aus. Schon bald hatte die Maximin aus eigener Kraft wieder Wasser unter dem Kiel und war auf dem Weg nach Schleswig. Das Mädchen war mit einem dicken Troyer wieder an Deck aufgetaucht. Ein neues

Halstuch wärmte sie. Sie kniete über der erschöpften Bache.

„Gutmund," sagte Lou, „Sie sind ein Seeheld, einer mit nem goldenen Herzen. Aber wo soll die junge Sau jetzt hin. Sie braucht Wärme, sie braucht Ruhe. Sie braucht das Gefühl von Sicherheit."

Gutmund Tygbrandson seufzte. Er öffnete eine Tür neben dem Niedergang. Die führte in die warme Werkstatt neben dem Maschinenraum. Unter der Werkbank machte er Platz und kleidete den Winkel mit Putztüchern aus. Hier herein trugen sie die geschwächte Bache, und Lou hüllte sie sanft in ein flauschiges Handtuch.

„Gut", dachte Kardamom auf der Halbinsel zum düsteren Stern. „Ich will mich alter und neuer Ermittlungsmethoden bedienen: Handarbeit und Zauberei. Eine Ermittlungsmethode ist zweifellos die der logischen Recherche. Was lese ich denn da in meinem Ermittlungsbuch: achter Stock. Gut, das wird das Fräulein Lou ermitteln. Aber selbstverständlich hat Harvey die Wohnung dort unter falschem Namen gemietet und längst aufgegeben. Interessanter sind die beiden Autonummern, die deutsche Autonummer und die dänische. Das wollen wir jetzt einmal in aller Ruhe ermitteln."
Professor Kardamom kramte eine Blechdose aus seiner Ermittlungstasche. In der Blechdose befand sich eine hochmoderne Waffe: ein mobiles Handsprechgerät mit einer Lupe für die grausam kleine Schrift auf den winzigen Tasten.

„Hallo Dagmar. Wie geht's bei euch. Viel zu tun. Und die Kinder gesund? Bitte überprüfe doch einmal die Versi-

cherung für unsern Hof in Angeln. Sollten wir da die Prämien nicht aktualisieren? Wir sind am Renovieren. Und schicke mir bitte eine Versicherungsdoppelkarte für ein Auto, für einen Morgan Bj. 1972.
Dann hab ich da noch ein Problem. Ja, ich habe mit meinem Handwägelchen einen Schaden verursacht in Kappeln, Dagmar. Ich habe ein Auto geschrammt, FL-CU 608. Willst du mir mal den Halter ermitteln, eine Nobelkarosse. Ich weiß doch, dass du in diese Dateien reinkommst, Ich weiß natürlich auch, dass du es nicht darfst. Was, du meinst, das kann der gut wegschlucken. Ach, Daggi, du bist so lieb, aber wo bleibt denn da die Gerechtigkeit?“

Kardamom wartete einen Moment geduldig.

„Aha, Hjalmar Stern. Ein Geschäftswagen aus der Neustadt in Flensburg. Elektroinstallation. Daggi, ich danke dir. Wie immer der perfekte Service. Grüß deinen Mann von mir. Tschüß.“

Kardamom machte sich Notizen in seinem Ermittlungsbüchlein.

„Hjalmar Stern ist die Spur, ein Laden in Flensburg, dort wird Harvey irgendwann auftauchen. Wenn ich mich dort auf die Lauer lege. Vielleicht waren beide sogar identisch,“ dachte er. Kardamom führte ein weiteres Telefonat.

„Hallo Felix. Wie geht’s dir bei der Autobahnpolizei. Habt ihr Ruhe vor dem Sturm, bevor der große Ferienverkehr beginnt? Ach so, nichts Ruhe, ihr kontrolliert die Mautpreller auf den Bundesstraßen. Ja, das verstehe ich, es ist eine Riesensauerei, dass die nur 2o Euro Strafe be-

zahlen müssen, wenn sie verbotenerweise auf die Bundesstraße ausweichen. Na klar, da macht ihr ein wenig Schikane: alles kontrollieren, was zu kontrollieren ist, damit sie ordentlich Zeit verlieren.
Du Felix, ich brauche mal deine Hilfe. Ich bin mit meiner Jolle nach Dänemark gesegelt, und da hat mich einer beleidigt in Marstal. Ich kochte mir einen Kaffee an Bord auf dem Petroleumbrenner. Da fuhr ein Volvo an die Pier und warf seine Pommespappe samt Inhalt in die Jolle und sagte eine Beleidigung, die ich jetzt unmöglich wiederholen kann. Ich geb dir mal die dänische Nummer durch. Ihr seid ja mit der dänischen Polizei vernetzt. Nein, mehr sollst du für mich nicht unternehmen, erst mal nicht.
Was? Hjalmar Stern, Kirkevej, Marstal, Elektroinstallation. Danke dir Felix. Was daraus geworden ist, erzähl ich dir später. Kann sein, dass ich noch einmal deine Hilfe brauche. Weißt du zufällig etwas über den Drogenschmuggel auf der Schlei? Weißt du nicht. Gut, ich danke dir, Felix. Jetzt kann ich dem schriftlich meine Meinung mitteilen."

Kardamom verstaute sein Handy. Harvey, 8,8,8, Hjalmar Stern, Hjalmar Stern. Kardamoms Finger begannen zu tanzen, die Fingerkuppen trommelten aufeinander und mussten die Spannung am Ohrläppchen entladen. Hjalmar Stern war die Spur, zweimal Hjalmar Stern, für Zauberei war jetzt keine Zeit. Kardamom brach auf und paddelte pützend weiter nach Missunde.

„Gut zu paddeln," dachte er, „die Erregung beim Paddeln los zu werden."

Die Maximin legte im Stadthafen neben dem blauen Kran an, und der von Tygbrandson avisierte Tierarzt wartete bereits an der Pier, ein junger Mann im blauen Bundeswehrpullover und grauen Kittel drüber. Er kam an Bord und versorgte die Wunde, gab der jungen Bache ein paar Spritzen und Lou seine Visitenkarte. Tygbrandson bezahlte die Rechnung.

„Das Tier braucht Ruhe und Zuspruch," sagte der Tierarzt, „das war ein Streifschuss. Am besten bleibt es erst einmal an Bord."

„Ein Streifschuss!" Das Mädchen mit dem weißen Halstuch war außer sich. „Wie ich sie hasse, diese Jäger! Haben wir nicht schon genug von diesen widerlichen Schweineställen an der Schlei! Tausende von Ferkeln werden eingesperrt und gemästet. Kriegen die Menschen denn nie den Hals voll! Selbst die wenigen Wildschweine werden gnadenlos gejagt."

„Etliche Wildschweine werden auch in Gehegen gehalten. Wildbret ist teuer. Die werden mit der Waffe geerntet. Das ist Vorschrift. Vielleicht ist Ihre Bache ja aus solch einem Gehege ausgebrochen," sagte der Tierarzt. „Außerdem klagen die Landwirte über beträchtliche Schäden, die Wildschweine im Mais anrichten."

„Und welche Schäden richten Menschen überall an," entgegnete die junge Frau.

Tygbrandson streichelte das Tier liebevoll. Nachdem sich der junge Tierarzt verabschiedet hatte, machte sich Lou mit den Kaffeetassen im Korb auf den Weg zur Wahrsagerin. Die wohnte nah am Hafen, man schaute gegen einen Wald von roten Dächern und dann gegen den Dom. Trotzdem sah es nicht so aus, als schütze das mächtige

Domdach die Schleswiger Altstadt. Wie ein Riese thronte der Dom über den Hütten, als hätte er nichts mit den kleinen Häusern gemein.
Lou ging durch eine Gasse, an einem kleinen Hotel vorbei, auf das gelbe Haus zu, das von wuchernden Rosen umhüllt wurde. Sie klingelte, und ein älterer Mann machte auf. Es ging eine enge Stiege hinauf in den ersten Stock. Lou musste sich auf das Sofa in der Küche setzen, sie kannte die Zeremonie der beiden bereits. Hier würde er Espresso zubereiten. Sie würde ihn trinken, die Tasse auf der Untertasse umdrehen und zu Madame ins kleine Zimmer gehen. Madame würde sie auffordern, drei Finger der linken Hand auf die umgedrehte Tasse zu legen und an drei wichtige Fragen zu denken, und Madame würde die unausgesprochenen Fragen beantworten.
Lou fragte Madame, ob sie bereit wäre, auch die mitgebrachten Tassen von Gutmund und Augustin zu besprechen. Madame war dazu bereit.

„Sie haben heute den Mann ihres Lebens kennen gelernt, Kindchen,“ sagte die Wahrsagerin. „Den Vater ihrer Kinder, ich sehe zwei süße kleine Kinder, ein Mädchen und einen Jungen, beide gesund.“
„Was, ich soll den dicken Tygbrandson, den Segler heiraten, niemals,“ ereiferte sich das Mädchen mit dem weißen Halstuch. Madame verglich den alten und den neuen Kaffeesatz.
„Nein, keiner von denen wird dein Mann. Dein Mann ist jung, stolz und schön. Du hast ihn gerade kennen gelernt.“
Lou wurde rot: „Der Tierarzt!“ flüsterte sie.
„Ja,“ sagte Madame, „er hat einen wichtigen, helfenden Beruf. Er wird der Vater deiner Kinder, ein guter Vater. Und zur dritten Frage: Du bewährst dich glänzend in ei-

ner wichtigen Prüfung. Das sind die Antworten auf deine drei Fragen."
„Meine Diplomprüfung," Lou atmete tief durch.

„Nun werde ich die Fragen des dicken Mannes beantworten, des Seglers. Nein, er ist nicht wirklich krank. Aber er muss aufhören, Fleisch zu essen und zu saufen. Das ist wichtig, sonst folgen große Probleme mit der Leber, Gicht folgt, Lahmheit. Dann kann er sie doch noch machen, die weite Reise über das blaue Meer."

Lou begann schallend zu lachen: „Tyg und das Wildschwein auf dem weiten Meer, das wäre es. Aber was ist mit dem Kaffeesatz des traurigen Professors," fragte sie.

„Ich sag dir etwas über die andere Tasse: Sehr kluger Mann. Sehr unglücklich. Hat kein Glück mit Frauen. Aber er wird die Antwort auf ein paar wichtige Fragen finden. Er wird die allerwichtigste Frage lösen."
„Nein," murmelte das Mädchen mit dem weißen Halstuch trotzig, „das darf auf keinen Fall geschehen."
„Du wirst nicht gegen ihn ankommen, er ist klüger als du."
„Werd ich doch, muss ich einfach," flüsterte Lou, bezahlte die Wahrsagerin und ging hinaus. In der Küche warteten bereits neue Kunden.

Kardamom zog sein Kanu auf den Strand vor dem Steilufer und kletterte hinauf zur hohen Kiefer. Er umarmte sie und sog ihre harzige Ausdünstung tief in sich ein. „Verehrte Keltische Kiefer", begann Kardamom, „der Fall ist heillos kompliziert geworden. Durch eine Dummheit in Dänemark wurde ich vom Ermittler zum Gejagten. Aber ich habe jetzt eine wichtige Spur in Flensburg. Hjalmar

Stern. Es ist hochriskant, sich mit der Drogenmafia anzulegen. Sie töten bedenkenlos. Die drei auf dem Campingplatz, Bobo und nun bin ich dran. Eine tote Pfautaube auf meiner Jolle. Es ist nur eine Frage der Zeit, bis Harvey mich hier entdeckt.
Vielleicht ist Harvey Hjalmar Stern, einer der Drahtzieher der Drogenmafia. Auf der anderen Seite gesteht das Mädchen mit dem weißen Halstuch den Mord an den drei Männern. Ich verliere die Übersicht. Sie ist doch ein Mensch voller Mitgefühl. Sie kann es nicht gewesen sein. Auf der anderen Seite ist sie eine radikale Tierschützerin. Soll ich mit Gutmund und seiner Maximin eine Zeitlang verschwinden? Soll ich in der Höhle des Löwen ermitteln, in Flensburg? Fliehen? Angreifen? Bitte gib du mir Rat."

Eine Zeitlang war es still dort oben auf der Küste zum Eingang der Großen Breite, mehr als ein Blätterrauschen war nicht zu vernehmen. Eine alte Kiefer, Buchen und Ahorn, ein gelbes Steilufer, die Schlei, ein ratloser Mann.

„Wie heißen die beiden Arme der Schuldwaage, Kardamom. Finde die Antwort auf diese Frage. Sonst bist du verloren."

„Was ist das für ein Rat, Verehrteste?" rief Kardamom verzweifelt, „Kannst du mir nicht einmal richtig helfen? Verzeih den Ton, aber ich bin völlig ratlos."

Kardamom wusste, sie würde nicht ein zweites Mal antworten. Die königliche Hoheit des Waldes redete in Rätseln, die es zu lösen galt. Plötzlich flog mit einem Warnschrei ein Eichelhäher auf. Eine Häherfeder segelte herab und kam neben einem kleinen Stück Papier auf dem Kirchenpfad zu liegen.

Kardamom lehnte sich an die Kiefer und schaute nach Schleswig. Dort war die Frau, in die er sich so unsinnig verliebt hatte, das Mädchen mit dem weißen Halstuch. Sie musste einfach unschuldig sein. Er wollte das so.

Kardamom nahm sein Handy aus der Ermittlungstasche und wählte die Nummer, die er auf dem kleinen Zettel gefunden hatte.

„Elektroinstallation Kern," meldete sich eine weibliche Stimme. Kardamom legte auf. Die beiden Worte trafen ihn wie ein Faustschlag mitten ins Gesicht. Ein Zittern lief durch seinen Körper, in seine Hände. Er sprang auf und stieß Laute wie ein Puter aus, zuckte mit den Armen. Harvey war hier gewesen. Er kontrollierte die Schlei bereits an den strategisch wichtigen Punkten. Bald würden sie aufeinander treffen. Es war keine Zeit zu verlieren. Er musste zurück zu Jakob. Jakob schützen. Das Mädchen schützen. Weg, nur weg.

Das Mädchen mit dem weißen Halstuch war zum Wikingturm gegangen und hatte vor der Tür gewartet, bis jemand hinausging. So war sie hinein gekommen. Die Türen zum Treppenturm schlossen nur einseitig, und den Lift konnte man nur mit einem Schlüssel bedienen. So war gewährleistet, dass die Menschen im Turm ihre Ruhe hatten. Besuch musste sich stets anmelden, musste von unten abgeholt werden.

Der Hausmeister kam auf sie zu, lächelte sie an und bot dem suchenden Mädchen Hilfe an.
„Ich will zu Harvey," sagte Lou grinsend.
„Zu Harvey, soso. Und hat Harvey auch noch mehr als einen Vornamen?"

Lou zuckte die Schultern. Der Hausmeister grinste zurück: „Dann wird das nix, Kleine. Das hast du außerdem gar nicht nötig, bleib sauber."
Lou schoss die Röte ins Gesicht, machte auf dem Absatz kehrt, ging hinaus. Draußen am Haupteingang notierte sie sich für Kardamom die Namen der Bewohner des achten Stockes und machte sich auf den Weg zurück zum Kreishafen. Auf der Maximin fand sie Tygbrandson in der Bootswerkstatt. Er kraulte die geschwächte Sau am Hals. Das Wildschwein schniefte wohlig. Lou lachte: „Du sollst keinen Schnaps mehr trinken und kein Fleisch mehr essen, dann geht das in Ordnung mit deiner Galle. Keine Gicht, wenn du dich dran hälst. Außerdem klappt das mit der großen Reise über das blaue Meer, soll ich dir sagen, und dass du die Liebe deines Lebens gefunden hast. Grüße von der Wahrsagerin, Gutmund."

„Ich war ein Scheusal, Fräulein Lou, eine Bestie. Solch süße Tiere wie dieses hier habe ich bisher gegessen. Nie wieder werde ich das tun. Ich werde sie Lulu nennen, als Erinnerung daran, dass Sie sie gerettet haben, Fräulein Lou. Wir müssen schleunigst aufbrechen. Die Stadt ist nicht gut für Lulu. In Kappeln kann ich im Museumshafen anlegen und mit ihr in den Park gehen, dort kann sie Gras fressen. Hier bekommen wir nur Ärger."
Lou lächelte.
„Lachen Sie mich nicht aus, Fräulein Lou. Der dicke Tygbrandson hat seine fünf Sinne recht gut beisammen. Tygbrandson weiß, dass es gar keinen Harvey gibt. Die Kairos gehört dem Elektrohändler Hjalmar Kern aus Lübeck. Kern verdient ein Vermögen mit seiner Elektronikkette. Er hat überall Filialen, selbst in Dänemark. Nirgends anders bekommt man Elektronik so gut und günstig wie bei ihm. Ich kann mir nicht vorstellen, dass

Kern mit Koks handelt. Er hat das nicht nötig. Die Kerns sind freundliche, hilfsbereite Menschen. Die Kairos ist auch nicht untergegangen, ich meine sie noch vor kurzem gesehen zu haben."

Lou zuckte mit den Schultern. Die Maximin machte sich auf den Weg nach Kappeln, und Gutmund Tygbrandson überließ Lou das Dinghy mit dem kräftigen Außenborder. „Wenn ihr mich braucht, ihr findet mich im Museumshafen," verabschiedete er sich von Lou und motorte schleiaufwärts.

„Ich bin von Osten deinem Garten anvertraut, bingo.
Jetzt zieht sie sich zu, die Schlinge.
Die Fluchten werden enger.
Von Ermittlung gar keine Rede mehr, Augustin.
Die Geschichte läuft völlig aus dem Ruder
Flieh, solange noch Zeit ist, bingo?"

Kardamom ging am Gingko vorbei ohne zu antworten. „Treffer, Treffer und versenkt!" brüllte der Hofplatzbaum hinter ihm her.

Hart rauschten die Blätter der Mariannenesche, als Kardamom grußlos an ihr vorbei zum Schuppen ging und der Zaubernuss das kleine Mitbringsel, die Häherfeder, unter ein Blatt ihrer Zweige klemmte.
„Du hast an mich gedacht, jipiiih, jetzt bring ich dir das Zaubern bei!" jubelte das kleine Sträuchlein am Schuppen.
„Gemach, gemach," antwortete Kardamom, „in meinem Kopf summt es wie in einem Bienenschwarm. Wenn ich Ruhe hab, dann komm ich und lerne zaubern von dir."

Kardamom hörte ein Motorboot unten im Schilf und ging hinunter, um zu sehen, wer da kam.

Observation in der Neustadt

Erleichtert empfing Kardamom das Mädchen mit dem weißen Halstuch.
„Ich bring einen Sack voller Neuigkeiten mit", erzählte Lou auf dem Weg zum Hof. Sie berichtete von der Rettung des Wildschweins und von der Recherche im Wikingturm.
„Du hast die Namen der Bewohner im achten Stock aufgeschrieben?" fragte Kardamom, und Lou gab ihm den Zettel mit den Namen. Sie waren am Mariannengrab angelangt, als Professor Kardamom sich auf den Gartenstuhl setzen musste, der dort stand.
„Kern steht da, Kern. Alle meine Beobachtungen stimmen. Harvey ist Hjalmar Kern, oder er arbeitet mit ihm zusammen. Meine Güte! Wir sind dem Drogenkartell auf der Spur."
„Ja, Tygbrandson meint, die Kairos gehöre einem Elektrohändler aus Lübeck, einem Herrn Kern, und er hätte die Kairos noch vor kurzem gesehen. Er und die Maximin warten in Kappeln auf uns. Lulu hat im Museumshafen mehr Möglichkeiten …"
„Ach", grinste Kardamom, „die kleine Bache wird der Star dort unter all den verrückten Freigeistern, hoffentlich wird sie nicht zu fett von all den Leckerbissen. Die wird bald von Bord zu Bord hüpfen und selbstständig die Skipper besuchen und sich einen Kaffee abholen. Mögen Schweine Kaffee überhaupt? Ach, Fräulein Lou, was machen wir jetzt bloß in diesem schwierigen Fall?"

Lou überlegte lange. Sie nahm den Kratzer und begann zwischen den blühenden Stauden unter der lichten Esche den Boden aufzukratzen, dann antwortete sie.

„Ich schlage eine Doppelstrategie vor, Kardamom. Ich habe eine Freundin in Flensburg. Die wohnt dort oben in der Bauer Landstraße. Ich observiere den Betrieb Kern. Ich schau mir an, wer dort kommt, wer dort geht. Eine Feldstudie sozusagen. Kern habe ich einmal von weitem gesehen auf der Kairos. Ich werde ihn wieder erkennen. Wir brauchen Informationen über das Drogennetz, Eindrücke, Gesichter, Fotos, Autonummern.
Das mache ich, und Jakob und du machen ein paar Tage Urlaub in der Dänischen Südsee. Wir sind in täglichem Kontakt übers Handy. Dann lässt du von See aus die gesamte Organisation auffliegen, und der Fall ist gelöst."

„Ich kann dich nicht solch einer Gefahr aussetzen, liebste Lou, unmöglich", antwortete Kardamom.
„Die Wahrsagerin sagte, dass du den Fall ohne Schwierigkeiten lösen wirst."
„Sagte sie noch mehr?" fragte Kardamom.
Das Mädchen mit dem weißen Halstuch nickte: „Ja. Angeblich hätte ich den Mann fürs Leben gefunden. Einige Augenblicke vorher. Der Tierarzt soll es sein, der Lulu versorgte. Mal sehen, nett war der schon, und er hat mir seine Privatnummer gegeben. Sie wusste aus dem Kaffeesatz, dass du sehr klug bist und … und ein wenig unglücklich, was Frauen anbelangt."

Kardamom seufzte: „Vielleicht ist das mit Flensburg doch gar keine so schlechte Idee. Ein paar Tage Besinnung auf der Maximin. Über alles nachdenken. Ein paar Landgänge. Jakob bei mir in Sicherheit …"

„Und die Ermittlungen laufen weiter, weil deine junge Mitarbeiterin sorgfältig aufpassen wird, während der klügste Mann der Schleiregion in der Ferne die richtigen Schlüsse zieht“, sagte Lou. „Ich packe ein paar Sachen, und du fährst mich mit dem Sportwagen am besten gleich nach Flensburg. Gib mir eine Stunde. Dann sind Jakob und du mit Tygs Beiboot heute abend noch rechtzeitig in Kappeln.“

Eine Stunde später fuhr der Morgan vom Hof, und Jakob bepackte den muffigen Reisekoffer seiner Mutter für die große Seereise. Solch eine lange Tour mit dem Morgan hatte Kardamom noch nie gemacht. Das Auto war weder angemeldet noch versichert. Er beschloss deshalb, sich durch den Djungel Angelns zu fädeln und bog beim Bäcker in Brodersby rechts ab. Es ging an Angelns zahlreichen kleinen Gehölzen vorbei, den ehemaligen Brennholzkammern der stolzen Angeliter Bauernhöfe. Der fruchtbare Boden in Angeln trug lieber Rüben, Weizen und Raps als ärmliches Holz.

„Du bist vorsichtig, wenn du das Elektrogeschäft Kern observierst,“ sagte Kardamom.
„Jaja,“ antwortete Lou.
„Du gehst kein Risiko ein, Lou. Ich könnte mir das nie verzeihen.“
„Ich werde ausgiebige Pausen bei Anna machen. Sie hat grad ein Kind bekommen. Dort verkleide ich mich dreimal am Tag. Was soll passieren.“

Kurvig sind Angelns kleine Straßen, es schien den beiden, als bestünden sie nur aus Kurven ohne ein einziges gerades Stück zwischen der einen und der nächsten Kurve. Ständig sorgte der Morgan dafür, dass sie sich nahe kamen.

„Schau auf die Straße, Kardamom,“ schrie das Mädchen mit dem weißen Halstuch, als sich Professor Kardamom interessiert nach der Wassermühle einer Au umdrehte. „Schreib in Flensburg alle Autonummern auf, alles Verdächtige. Der ganze Ring muss ausgehoben werden, der Drogensumpf gehört trockengelegt. Ich werde einmal darüber nachforschen, warum die Angeliter Straßen so viele Kurven haben. Es können nicht nur die Besitzverhältnisse gewesen sein. Da steckt mehr dahinter. Vielleicht gab es eine andere Geisteshaltung damals Kurven und Geraden gegenüber. Vielleicht ändert sich gerade die Philosophie der Kurve.“

„Das glaube ich nicht,“ sagte Lou, „Wege sind einfach schlauer als Autofahrer. Sie umgehen die Hindernisse. Da es mehr Hindernisse als Ziele gibt, erscheinen uns die Kurven so zahlreich. Vielleicht kommen die Kurven daher, von der Weisheit des Weges.“
„Ja,“ sagte Kardamom, „so wird es sein, Weisheit und Hindernisse. Angeln ist das Land der Hindernisse.“

Hügelig, fast bergig war die Landschaft Angelns, sie gewährte weite Blicke: Täler und Auen, Gehöfte. „Wie stolz diese Bauernhäuser in Angeln sind“, wunderte sich Kardamom, „die hatten kaum ein Handtuch Land unterm Pflug und lebten wie anderswo die kleinen Fürsten.“
„Was machen wir, wenn die Polizei uns irgendwo kontrolliert?“ fragte Lou.

„Hast du eine Sonnenbrille?“ antwortete Kardamom, „kein Polizist stoppt einen Morgan mit einem alten Trottel drin, der ein Mädel mit weißem Schal und Sonnenbrille spazieren fährt, die Macht des Musters.“

„Hoffentlich hast du recht,“ sagte Lou und setzte ihre Sonnenbrille auf.
„Lou, magst du mir nicht doch das Geheimnis des weißen Halstuches verraten,“ fragte Kardamom. Lou schüttelte ablehnend den Kopf. „Bitte fang’ nicht wieder damit an. Nein heißt nein. Akzeptiere das doch endlich!“
Geelbyholz, Tolk, Wellspang, Böklund, Ülsby, wirklich einmal ein größerer Wald, dann Satrup.

„Du hältst mich auf dem Laufenden, darauf kann ich mich doch verlassen? Wird das etwas Ernstes, das mit dem Tierarzt?“
„Jaja“, antwortete Lou, „ich rufe dich zweimal am Tag aufs Handy an. Was stellst du dir eigentlich vor, August. Natürlich mag ich dich. Du alter Wirrkopf wärst der perfekte Mann für mich. Endlich mal ein Mann, der mit der Schöpfung redet. Aber wie soll das denn gehen?
Vierzig Jahre Altersunterschied, das ist mir ne Nummer zu krass, zwanzig Jahre hätte ich mitgemacht.
Auf halbe Sachen hab’ ich keine Lust. Wir beide könnten keine Kinder mehr kriegen. In ein paar Jahren schiebe ich deinen Rollstuhl und wechsle dir die Windeln. Was soll das? Ich hab euch beide, Jakob und dich, sehr, sehr gern. Aber wenn ich jetzt Windeln wechsle, dann die meiner Kinder. Den Tierarzt kenne ich doch noch gar nicht.“

Kardamom schluckte und schaltete das Getriebe des Morgans krachend einen Gang herunter, der Motor heulte.

Satrup, die heimliche Hauptstadt Mittelangelns mit der räumlichen Ausdehnung einer Kleinstadt, die Häuser stehen alle an der Straße, und dahinter beginnen die Felder. Über Ausacker und seine Bauernschlösschen, am mächtigen Kirchturm Husbys vorbei, spürten sie bald bretthart die Bahngeleise der Strecke nach Flensburg, über die links und rechts wechselnd, der Weg jetzt ging.

„Am besten fährst du über die Neustadt in die Bauer Landstraße, lässt mich bei Anna raus und fährst unauffällig gleich weiter," sagte das Mädchen mit dem weißen Halstuch zu Kardamom. Kardamom wählte in Flensburg die kleinen Straßen, und am Hafen vorbei bogen sie in die Neustadt ein. Dort im türkischen Viertel lag das Elektrohaus Kern.

„Hey, wir sind da, Elektrohaus Kern. Schau, gegenüber vom Drogenkartell: ein türkisches Café. Schön, die ideale Beobachterposition."
„Bitte pass auf dich auf. Geh kein Risiko ein, versprochen, Lou?"

Das Elektrohaus Kern lag im Erdgeschoss eines gelbbemalten Wohnhauses der Neustadt. Kardamom ließ das Mädchen mit dem weißen Halstuch ein Stück weiter in der Bauer Landstraße aussteigen. Lou hauchte ihm einen Kuss auf die Wange.

„Versprochen, ich halt dich auf dem Laufenden, Augustin. Und tschüß," sagte sie.

Kardamom hatte Annas Adresse und Telefonnummer und machte sich auf den Weg zurück über die schnelle Landstraße. Bald war er wieder zu Haus. Die Blätter der Mariannenesche rauschten sanft im Wind.

„Vielleicht hat sie dich geliebt, auf ihre Art dich geliebt. Du hast es nur nicht begriffen. Vielleicht war diese ein-

zige Nacht mit dir eine, die sie schön fand. Als sie danach zwei Jahre in den Staaten war, hat sie vielleicht auf Briefe von dir gewartet. Du hast aber nicht geschrieben. Hat nicht jeder die Sehnsucht, der andere möge Verständnis haben. Manchmal bedeutet, jemanden zu lieben, ihm Leid anzutun.
Liebst du mich auch noch, wenn ...
Ach so, dann nicht mehr, ich wusste es ...
Das ist zu wenig. Dachte ich mir. Das wird nicht reichen. Berechtigt war ihr Zweifel an deiner Liebe. Hättest du doch damals Wut gezeigt und Trauer und nicht nur Kälte ...
Aber es ist ein großer Unterschied, ob der andere tobt und torkelt oder ob er schweigt. Vielleicht hast du ein Kind gezeugt, Kardamom, in dieser einzigen Nacht mit ihr vor der Abreise nach Amerika."

Kardamom war auf dem Weg zum Schuppen, den Morgan wegzusperren. Er schluckte: „Darüber will ich nicht nachdenken. Nein! Ich habe jetzt ganz andere Sorgen. Jakob und ich wollen diese grausame Geschichte überleben."
„Hey du, es ist höchste Zeit, zaubern zu lernen, Kardamom. Schön dass du jetzt kommst. Die Sorgen im Kopf sind alle miteinander vernetzt. Eine zieht die andere hinter sich her. Ich helfe dir, ein paar Sorgen los zu werden."
„Ich hab keine Zeit, Zaubernuss. Jakob und ich sind auf der Flucht. Wir fahren zur Maximin nach Kappeln, und dann geht's für ein paar Tage in die dänische Südsee."
„Und das Mädchen?"
„Das ermittelt in der Neustadt in Flensburg."
„Ich werde dich retten, Kardamom, brich dir einen kleinen Zweig von mir ab, hier den kleinsten, mach schnell,

es tut so weh, aber ich tu es für dich. Du wirst schon bald ein wenig zur Ruhe kommen. Dann bringe ich dir das Zaubern bei.“

Kardamom brach einen kleinen Zweig vom Hamamelisstrauch und verschloss den Schuppen. Dann brachen sie auf nach Kappeln. Jakob genoss die Fahrt, ein Menschenleben war es her, dass er mit dem Boot in Kappeln war. Sie brauchten eine kleine Stunde bis Boknis. Jakob wies auf das Ufer dort, und August verstand ihn. Er hielt auf Boknis zu. Dorthin hatte Jakob vor vielen Jahren seinen Kahn verkauft, über den die ganze Schlei gelacht hatte. Den uralten Schleikahn, der unter Smakk und Vorsegel segelte und in den erst nachträglich ein kleiner Diesel eingebaut worden war. Die Nähte zwischen den mürben Eichenplanken des Kahns zogen Wasser nach jedem Maschineneinsatz, und Jakob war Dauergast bei den Werften längs der Schlei, was den Einkauf von Dichtwerg anbelangte. So bekam Jakobs Kahn den Namen: Tein Pund Warg. Später hatte ein Bokniser Fischer Jakobs Kahn übernommen.

Sie waren dicht am Ufer, als Jakob seinen Kahn entdeckte. Der lag oben als Sandspielkiste im Garten neben dem Haus. Jakob zeigte keine Regung. August drehte ab, als ihm ein Stück weiter etwas auffiel. Ein Stab steckte im Wasser. Solch einer, mit denen die Schleifischer im flachen Wasser gerne Reusenstrecken markierten. Dieser Pfahl aber sah anders aus, er stak in der Schlei, gebogen wie ein Bischofsstab, ein wunderlich gewachsener Dornenstock aus einem Knick. Kardamom hielt auf den Bischofsstab zu und kuppelte den Außenborder aus. Er zog den Stock aus dem weichen Grund. Es hing keine Reuse daran. Kardamom nahm den Stock an Bord.

„Dat lohnt nich mehr to fischen in de Schlie, ne ne," sagte Jakob, „wat kunn voneen för Geld verdeenen mit en Schliekahn, häh? Wat för en Barg Aal fangen un Borsch un Schnäppels? Und nu speelen de Kinner in min Kahn, dat lohnt nich mehr to fischen."

„Vielleicht wird das Wasser wieder besser, alle Gemeinden haben jetzt Klärwerke. Lass die Jahre mal vergehen, Jakob. Im Winter kann man manchmal schon wieder den Grund der Schlei sehen."

Kardamom fuhr weiter. Dunkel zog eine Wolkenwand vom Ufer auf.

„Hört das dies Jahr denn gar nicht auf, die Nässe, die plötzlichen Schlechtwetter, die plötzlichen Regenfronten? Was für ein Jahr!" murmelte Kardamom.

Eine rotte Weide stand am Ufer, von allen Zweigen längst entkleidet. Auf ihr saß ein Fischadler, der sich würdevoll von seinem Ruheplatz erhob. Jetzt war die Wolkenfront heran. Es begann, aus ihr zu hageln. Kardamom gab Vollgas und brauste durch den Hagel. Sie schlossen die Almslöcher ihrer Öljacken und ertrugen das Schneiden der Eiskristalle auf der Haut. Wind kam auf. Kardamom stob um eine Schilfecke und scheuchte rastende Reiherenten auf.

Jakob schüttelte den Kopf. Die Eiskristalle schnitten auf der Gesichtshaut, dass es schmerzte. Kardamom heizte auf Arnis zu, jegliche Geschwindigkeitsbegrenzung missachtend. Schnell war er in Kappeln und legte neben der Maximin an. Tygbrandson half ihnen beim Übersetzen und nahm das Beiboot in die Davids. An Bord gab es heißen Tee mit einem Schuss Rum.

„Ihr bringt ja den Weltuntergang mit, Jungens. Gar kein gutes Wetter. Das Barometer sinkt wie ein Stein im Wasser. Da kommt ordentlich Wind auf,“ sagte Tygbrandson, „an ein Auslaufen ist für heut und morgen kaum zu denken, das ist zu gefährlich. Schaut euch mal an, wie viel Strom da schon geht, die Tonnen schieben Schlagseite.“

So blieb den Männer nichts als zu warten. Lulu saß unter dem Kombüsentisch und ließ sich von Tygbrandson kraulen. Sie schlurften Tee. Der aufkommende Sturm heulte in Wanten und Stagen. Kardamoms Handy summte, Lou war am Telefon und erkundigte sich nach seinem Wohlbefinden, auch in Flensburg tobte das Unwetter.

„Vorsommerwetter, alle Wetter gleichberechtigt nebeneinander, postmodern. Vielleicht schon die Antwort der Natur auf unsere Klimadüngungen“, sagte Kardamom. „Wie steht's in Flensburg?“

Lou hatte Kern nicht gesehen, dafür aber eine Menge Kunden fotografiert, und wenn es möglich war, deren Autonummern aufgeschrieben. Jetzt wollte sie die Observation abbrechen und bei Anna übernachten. Man verabschiedete sich, morgen würde sie sich wieder melden.

„Ich kann mir nicht vorstellen, dass von Kern eine Gefahr ausgeht,“ sagte Tygbrandson im Nebenbei, „ich kenne ihn und seine Kairos. Ein aufrechter, hilfsbereiter Mann. Der würde dich auf See retten mit deiner schnaufenden Nussschale, Professorchen, selbst wenn er dabei sein eigenes Leben riskieren würde, hokydoky.“

Jakob nahm zwei lederne Würfelbecher aus einem offenen Schabb des Logis und eine Handvoll Studentenfut-

ter vom Tisch. Dann kniete er sich vor Lulu und legte die beiden Würfelbecher umgedreht vor die kleine Sau. Die Sau stieß die beiden Becher mit der Schnauze um und wackelte fasziniert mit ihrem Ringelschwänzchen.
Jakob schob die Becher wieder vor die Sau und legte eine Nuss unter den linken Becher. Lulu hatte das Spiel sofort verstanden. Sie stieß den linken Becher um, holte sich die Nuss und blieb erwartungsvoll liegen. Jakob verschärfte die Spielregeln: er füllte eine Nuss in einen der Becher und vertauschte die Becher mehrmals und plupste sie vor der aufgeregt schnüffelnden Sau auf den Kajütfußboden. Mit ebenso listigen Äuglein wie Jakob gab sie einem der Becher mit der Schnauze einen Stups und fraß die Nuss: weiter, weiter. Jakob mogelte in beide Becher eine Nuss und schob die Becher in Schlangenlinien vor der wonnig quiekenden Jungsau hin und her: Lulu grunzte und holte sich beide Nüsse.

Tygbrandson schaute dem Spiel stolz zu.

„Ich werd dir was zeigen, du ..." sagte Professor Kardamon und kramte in seiner Ermittlungstasche. Er fand die Blechdose und öffnete sie. „Hier," sagte er, „das hat dein feiner Herr Kern in kleine Tüten abgefüllt. Dies Zeug hat ihn aus dem Hafen von Marstal vertrieben wie Knoblauch einen Vampir."

Tygbrandsons Aufmerksamkeit war ganz bei seiner Sau. Nebensächlich schnüffelte er an der Blechdose und grinste: „Puderzucker, wahrscheinlich Puderzucker. Kannst ruhig eine Prise schnupfen."

Er nahm sich selber davon auf den Handrücken und sog es mit der Nase ein. Kardamom folgte seinem Beispiel.

„Schreibst du eigentlich immer noch Gedichte," fragte er Kardamom, „ich werde Lulu zu meinem Haupterben bestimmen, Kardamom, und dich zu meinem Testamentsvollstrecker."

Kardamom kicherte: „Klar schreib ich noch Gedichte, heimlich. So etwas Intimes kann man nur wenigen Menschen anvertrauen. Du, Tygbrandson, den Job als Testamentsvollstrecker übernehme ich gerne, kein Problem. Lass uns nur davor noch ein wenig leben. Wenn du tot bist, kauf ich Lulu ein Schloss mit Park von deinem Geld. Ich wohn' im Schloss und Lulu gräbt den Park um …"

„Gut, aber Lulu wohnt im besten Zimmer …"
„Na klar, im Mädchenzimmer über der Freitreppe. Ich vergrab Trüffel im Wald für sie."

„Hokydoky, Alterchen! Mach das. Es ist genug Asche da. Wenn sie die Seefahrt lieben lernt, heuer eine Mannschaft für die Maximin an. Wie auf einer Sänfte soll Lulu über die Meere schweben. Ich ändere mein Testament, Lulu kriegt alles! Schau dir doch an, wie schnell sie Jakobs Spiel durchschaut. Sie ist klug, die klügste kleine Sau, die je bei mir an Bord war. Die Maximin wird morgen umbenannt, sie wird Lulu heißen, kommt, ich mach 'ne Pulle Schampus auf."

Der dicke Tygbrandson ließ den Korken knallen und verteilte den Schampus. Ein wenig goss er auch in die jetzt leere Studentenfutterschale ein und reichte Lulu ihren Anteil. Die drei Männer stießen mit der jungen Bache an.

„Auf Lulu!"
„Ja, auf die junge Wildsau."
„Jojo."

„Tygbrandson, da kommt ein weißer Wal zum Bulleye reingeschwommen. Er fordert Lulu zum Walzertanzen auf."

„Musik, sofort Musik!" brüllte Tygbrandson. Er holte die Quetsche aus dem Schabb und spielte zum Walzer auf. Lulu quiekte vergnügt.

„Nichts wird mich mehr knicken
Alles soll mir glücken ...
Ich jag Harvey in die Wicken," schunkelte Kardamom mit dem Walzer.

„Lulu muss austreten," meinte Tyg und machte sich mit der jungen Bache auf den Weg ins Unwetter. Jakob ging mit. Kardamom füllte Wasser in die leere Schampusflasche. Schnitt den Hamameliszweig neu an und stellte ihn ins Wasser.

„Danke, du denkst an mich, das ist lieb. Willst du jetzt zaubern lernen?"
„Ja."
„Dann konzentrier dich, du brauchst jetzt deine ganze Geisteskraft. Wirkliche Zauberei ist wie die Hagelschauer draußen mit Blitzen und dem Regenbogen danach. Die Hagelkörner sind deine Gedanken, die überall liegen müssen, wie die Hagelkörner überall liegen.
Der Blitz ist dein Geistesblitz beim Erkennen, die einzige Möglichkeit, wie alles zusammenpasst, die Vielzahl der getätigten Beobachtungen passen nur in einer einzigen Kombination zusammen.
Dann erstrahlt deine Klarheit beim Denken wie ein Regenbogen, und du wirst bewundert und alles ruft Zauberei. Aber die wirkliche Zauberei besteht aus Arbeit. Dem Fehlen des Vorurteils. Vorurteile verderben das Denken."

„Ja, ich weiß, Zaubernuss. Eine wichtige Ermittlungsregel: Nichts ist, wie es scheint."

„Falsch. Nichts ist, wie es scheint, aber wenn es scheint, wird man vielleicht grad getäuscht. Was ist das Motiv für die Täuschung? Es scheint. Soll es scheinen? Ausgehend davon, dass man alles Erforschliche wissen kann, ist es nötig, es auch zu erforschen. Du stellst alle denkbaren und nicht denkbaren Verknüpfungen diesseits und jenseits der Logik her und unter den vielzähligen Möglichkeiten findest du diejenige ohne Widerspruch heraus. Oder aber du rollst den Fall von den Widersprüchen her auf und ordnest ihn neu. Dann ist er so oder so gelöst."

„Ja, Zaubernuss, eine Sisyphusarbeit, und ich bin müde."

„Genau. Es ist viel Arbeit. Weil aber die Menschen denkfaul sind, nennen sie das Ergebnis harter Arbeit genial und Zauberei. Erfolg ist eine Folge harter Arbeit. Wenn du morgen nüchtern bist, lösen wir deinen Fall."

„Gut, abgemacht. Morgen früh lösen wir als erstes den Fall. Schau, Tyg und Jakob kommen mit der Bache wieder. Ich bin müde, Zaubernuss, gute Nacht."

„Gut Nacht."

Der Bischofsstab

Still war der Morgen, überall tauten die Hagelnester des Vortags in der frühen Hafensonne. Kardamom stand leise auf, ohne jemanden zu wecken, und schlich mit dem Zaubernusszweig von Bord. Den Bischofsstab nahm er mit. An den Museumszügen des Kappelner Bahnhofs vorbei machte er sich auf den Weg nach Haus und genoss die Gehhilfe des Bischofsstabes.

„Tingelingeletta, tinsoldater, blu matroser
bommellommellom
Gitta braucht Geld.
Dem Kind geht es schlecht, Kardamom.
So'n kleiner Wurm.
Nimmt nicht zu.
Dem geht's nicht gut.

„Werd mich drum kümmern," brummte Kardamom, suchte seine Wohnung auf und braute sich den Morgenkaffee, achtete auf die Crema, frischgemörsertes Kardamom, freute sich auf den bitterwürzigen Genuss und machte es sich in der Hängematte bequem. Das Zaubernusszweiglein klemmte in der Champagnerflasche zwischen seinen Knien. Der Bischofsstab lag quer vor ihm. Mit ihm vergrößerte sich Kardamoms Reichweite in der Hängematte entscheidend. Kardamom zog sich mit dem Stab zum Wandregal und griff sich die Tüte mit den Ingwerschnitten.

„Kleine Zaubernuss, jetzt lass uns zaubern, den Fall lösen auf deine Art. Es ist Zeit, Klarheit zu schaffen."
„Gehe alle Fakten durch, Kardamom, achtsam und sorgfältig. Lass nichts aus. Unterscheide, was dir scheint und was du weißt. Frage beim Scheinen nach, warum es dir so scheint."
„Wenn ich ehrlich bin, Zaubernuss, weiß ich gar nichts. Nicht einmal den Unterschied zwischen Schein und

Wirklichkeit. Aber anscheinend sind drei Männer auf dem Campingplatz Hülsen umgekommen. Beweise, die ich habe, sind: eine Zeitungsnotiz und ein Flatterband auf dem Campingplatz, Brandspuren dort und ausgerissene Graugansfedern von einjährigen Graugänsen, die noch einen zarten, weißen Federrand haben. Ein Stück weiter finde ich eine Campinggasdose, die falsch angepickt ist und zweifelsohne den Brand im Campingvorzelt …"
„Nein, das ist ein voreiliger Schluss …"
„Also eine verbrannte, falsch angepickte Campinggasdose und ein frisch verlorenes Zeissglas, das dem Fräulein Lou gehört.
Dieselben blutigen Gänsefedern finde ich auf der Insel, samt Resten von Vogelschrot.
Ich habe die Autonummer eines Flensburger Autos, das dem Elektrohändler Kern gehört. Ich habe die Aussage einer dänischen Blutbuche über die Drogengeschäfte Harveys …"
„… die scheinbare Aussage der Blutbuche, da du wahrscheinlich kein Tonbandprotokoll gemacht hast."
„Richtig, aber Hammameliszweig, alle Welt weiß, dass ich verrückt bin und die Bäume sprechen höre. Bist du der Überzeugung, sie sprechen wirklich? Soll ich mir ein kleines Tonbandgerät kaufen? Dann wäre ich ja gar nicht verrückt! Die wären verrückt, die Bäume nicht sprechen hören. Was ist Wahn, was Wirklichkeit?"
„Was hast du noch?"
„Da ist das auffällige Verhalten meines Bruders beim Sanduhrenverhör. Die scheinbare Aussage des Inselapfelbaums und die Berichte der Kappelner Stadtrobinien über den Mord Harveys an Bobo …"
„Doppelt scheinbar, kennst du Bobo überhaupt?"
„Nein, nie gesehen."
„Dann bekomme heraus, was daran wahr ist …"

Kardamom ließ die Hängematte schwingen und angelte sich mit dem Bischofsstab die Ermittlungstasche. Entnahm ihr das Handy und rief die Redaktion des Schleiboten an. Es hatte keinen Brückenunfall gegeben.
Er rief die Oberschwester der Margarethenklinik an, die er gut kannte. Bobo war dort nicht eingeliefert worden. Es gab weder eine Gitta noch ihren kranken Säugling.

„Das verstehe ich nicht, Zaubernuss, dann habe ich mir das alles nur ausgedacht. Es zusammenfantasiert. Dann bin ich wirr im Kopf. Ich kann aber die Jungen fragen, die mir immer nachlaufen, die werden Bobo kennen.
Ich habe die Aussage Lous über eine Beinahvergewaltigung durch die drei gestorbenen Männer auf dem Campingplatz. Ein mögliches Motiv, das auf die junge Frau selber hinweist."
„Voreiliger Schluss. Weist ebenso auf dich hin. Oder auf Jakob. Ihr mögt sie und könntet aus Rache gehandelt haben."

Kardamom nickte schnaufend.

„Das bedeutet, Jakob und ich gehören auch mit zum Kreis der Verdächtigen. Da ich verrückt bin, darf ich mir selber nicht trauen. Ich habe den Rest einer Tüte Koks oder Puderzucker, die das Fräulein Lou am Tatort gefunden haben will, aber gleichzeitig habe ich beobachtet, dass ihre Gänse gerne nach Plastik tauchen. Das Fräulein Lou kann also auch anders an diese Tüte gekommen sein. Es kann gut von der Kairos stammen, die in der Königsburgbucht ankerte. Ich habe in Wirklichkeit also nur ihr Bestreben nach dem schönen Schein, mich auf eine Rauschgiftfährte zu locken …"
„Jiipiih, jetzt fängst du an, zu zaubern …"

„Ich habe die merkwürdige Flucht der Kairos aus dem Hafen von Marstal, nachdem ich ihr das Skatebord und das Tütchen ins Rigg gehängt habe. Ich habe einen scheinbaren dänischen Zeugen, die scheinbare Aussage der kleinen dänischen Eberesche vor dem Radunterstand von Ebbes Badsbyggeri.
Dann habe ich das fragwürdige Geständnis Lous, die drei Männer mit der Gaskartusche umgebracht zu haben … gleichzeitig aber kocht sie mit Petroleum und benutzt kein Gas. Als ich sie auf diese Entlastung hinwies, gab sie mir eine Ohrfeige."

„Gut, so geht zaubern. Du hast ihr Geständnis bei einer gleichzeitig dürftigen Beweislage. Sie belastet sich ohne Not. Nehmen wir einmal an, sie will jemand anders entlasten. Warum? Sie schützt einen Schwächeren? Wen könnte die junge Frau durch Selbstbelastung schützen wollen, wer ist schwächer als sie? Ein Kind, ein Geliebter?"
„Kommt beides nicht in Frage.
Ich Rindvieh!
Na klar!
Jakob.
Der ist doch wie ein Kind!
Jetzt erinnere ich mich. Er hatte früher Unmengen dieser Gaskartuschen zum Abflammen von Wildkräutern in seinem Garten."
„Ja, es geht voran. Nun lass uns unter diesem Blickwinkel einmal die Fakten und Vermutungen ordnen … hey! Was hast du vor. Ohh, Kardie, jetzt hörst du ja schon wieder auf zu zaubern."

Aber Professor Kardamom war nicht mehr zu halten. Er stellte den Zaubernusszweig in eine Vase, holte etwas

Geld aus dem Versteck in der Standuhr und rannte los. Am Fährberg rannte er beinah einen Jungen um.

„Hey, wie geht's Bobo?" fragte er hastig.
„Bobo liegt in Gips, schlimmer Sturz," antwortete der Junge.
„O. K. grüß ihn von mir. Im Sommer lad ich dich und deine Kumpel mal zum Segeln ein," grinste Kardamom und lief weiter zum Taxistand am Hafen.

Er stieg in ein Taxi.

„Nach Hestoft und zurück."
„Liebend gern," antwortete der Taxifahrer, froh über die gute Tour.
„Aber bitte hurtig," bat sich Kardamom aus.

So ging es schnell auf den Uferstraßen nach Hause. Kardamom wies den Taxifahrer an zu warten und stieg die Treppen hoch zu Jakobs Kammer. Normalerweise ließ sein Bruder niemanden zu sich herein. Aufgeräumt war es bei Jakob. Kardamom fand den Karton mit den Campinggasdosen in Jakobs Kleiderschrank. Ein ganzes Paket aus dem eine Dose fehlte.
Jakob.
Sein Bruder ein Mörder.
Augusts Hände begannen zu zittern, die Erregung wurde stärker. Aus dem feinen Zittern wurde grobes Zittern. Er atmete schwer. Kardamom nahm den Karton an sich und lief zum Taxi zurück.

„Zurück zum Museumshafen," sagte er.
Der Taxifahrer wunderte sich. Die Fahrt war bedeutend teurer als ein Karton rostiger Gasdosen.

Kardamoms Gedanken rasten, nur langsam konnte er sich bremsen. Dann nahm er eine Dose aus dem Paket. Sie war so wunderlich leicht. Er untersuchte sie näher. Die Dosen waren alt, und der untere Rand war verrostet, das Gas längst entwichen. Wahrscheinlich hatten die Dosen im Schuppen gestanden und waren feucht geworden. Auch der Kartonboden war mürbe. Was hatte das zu bedeuten. Er untersuchte die anderen Dosen. Sie waren alle leer. Das Gas hatte sich längst seinen Weg aus der langen Gefangenschaft zurück in die Welt gesucht.

Bedeutete das eine Entlastung für Jakob? Ja, warum sollte allein die fehlende Dose Gas enthalten haben. Jakob hatte in seiner Erregung nicht gemerkt, dass aus der Dose gar kein Gas entwich. Dann wird er die Dose den drei Rowdys ins Vorzelt geschoben haben.
Warum aber?
Na klar, damit das Mädchen nicht auf eine ähnliche Idee käme. Jakob hatte ihr vorgreifen wollen. Sie vor sich selber schützen wollen, indem er die Schuld auf sich nahm. Wie wenig er seinen Bruder doch kannte. Seine Sehnsucht, jemanden lieben zu dürfen, einerlei, was es koste.
Jakob.
Zufällig wird dann irgendetwas schief gelaufen sein in dem Zelt. Die drei betrunkenen Wilderer. Gänse bratend und rauchend hatten sich selbst in die Luft gejagt. Eine Flamme verlosch vielleicht, etwas kochte über, eine Schlauchverbindung war vielleicht undicht, es wurde nicht bemerkt. Gas lief aus, die Explosionen, so musste es gewesen sein.

Aber es blieb immerhin ein versuchter Mord.

Als sie im Museumshafen angelangt waren, hastete Professor Kardamom auf die Maximin. Im Salon saßen Tygbrandson und Jakob beim späten Frühstück. Lulu lag grunzend unter dem Tisch und ließ sich von den Männer kraulen.

Kardamom knallte den Karton mit den Gasdosen auf den Salontisch, griff in die Jackentasche und stellte die Sanduhr auf den Tisch.

„Rede, Bruder!“ brüllte er Jakob an.
„Stopp!“ sagte Tygbrandson, „das ist mein Schiff, August! Hier gebe nur ich Befehle. Ein anderer Ton bitte, August.“

„Du hest in min Koammer nix to söken,“ sagte Jakob. „Ick heff de dree Banditen op de Reis schickt, jo. Dat heff ik makt. De wulln wat vun de Deern. Hem ehr de Göös dootschooten. Se weer dörch'n Wind. Se wull dat Zelt mit Petroleum anstecken. De Dree schulln genauso schmoren as de Göös. August. Se is noch so jung, un Petroleum brennt so schlecht. Doar heff ik dat makt. Heff dat Gas ünnert Zelt leggt. So weer dat. Dann geev dat den grooten Knall.“

Kardamom atmete tief durch.

„Jakob, du hast mehr Glück als Verstand gehabt. Hier, von diesen Dosen hast du doch wahrscheinlich eine genommen, von denen aus deinem Kleiderschrank.“
Jakob nickte: „Lütt Broder, du hest in min Schabb liekers nix to söken, ne ne.“
„Schaut her, alle Dosen sind unten durchgerostet. Keine enthält Gas.“ Kardamom nahm sein Taschenmesser und

stach die Dose an. Tygbrandsons Augen zeugten von Panik, aber nichts geschah.
„Wenn man genau schaut, sieht man auch die gleiche Durchrostung auch bei der verbrannten Dose.
Es war wirklich ein Unfall. Das Mädchen und du, ihr habt einfach unglaubliches Glück gehabt und die Männer unglaubliches Unglück. Aber was bedeutet das?
Das bedeutet, dass es überhaupt keinen Drogenhandel auf der Schlei gibt. Das Mädchen hat eine falsche Fährte gelegt. Es wollte von dir ablenken. Mich alten Trottel hat sie mit großen Augen auf die Fährte von einem, wie Tygbrandson sagt, ehrenwerten Elektrohändler gelockt. Wenn ich sie zu fassen bekomme, ich Trottel."

„Hokydoky, sei doch froh, dass alles so ist, wie es ist. Das hätte auch schlimmer kommen können. Professor Kardamom ermittelt gegen seinen eigenen Bruder. Nein, nein! Hjalmar Kern ist gegen jeden Verdacht erhaben.
Allerdings August, dein Puderzucker gestern hatte es in sich. Das war richtig guter Koks, noch unverschnitten. Da hast du noch ein kleines Restproblem zu klären. Woher hat die Deern den Koks. Vielleicht ist sie selber rauschgiftsüchtig. Schätze mal, sie studiert in Kiel. Da kann man alles kaufen, was das Herz begehrt."

Plötzlich schrillte Kardamoms Handy. Umständlich holte er es aus der Ermittlungstasche und wickelte es aus, drückte auf die Lautsprechtaste.

„Wir haben das Mädchen. Die kleine rote Füchsin. Die süße weiße Taube. Dein Spiel ist aus, Kardamom. Wir werden ihr das Genick brechen. Sie weiß zuviel. Äußerst dumm, eine unreife Gans auf uns anzusetzen. Ihr weißes Halstuch leuchtet meilenweit. Keine Schwierigkeit, sie zu erkennen."

Kardamom erschrak. Wieder brach alles zusammen. Das mühsam aufgebaute Konstrukt seiner Hypothesen und Folgerungen. Dies hier war Realität. Knallharte, brutale Wirklichkeit. Er zitterte sein feines Zittern, hielt nur mit Mühe das Handy ruhig.

„Wer seid ihr, was wollt ihr? Lasst doch bitte das Mädchen in Ruhe."
„Wer wir sind, hahaha. Das ist eine Frage. Es ist gut, wenn diese Frage für immer unbeantwortet bleibt. Ich weiß auch nicht, ob wir noch etwas von euch wollen. Vielleicht ja, vielleicht ist es zu spät. Was schlägst du denn vor, Kardamom. Durch den Peilsender im Teddy waren wir ständig über jeden eurer Schritte informiert. Wir wissen jedes Wort, das gesprochen wurde. Was soll da denn jetzt noch gehen?"

„Wir könnten die Ermittlungen abbrechen. Wir haben nichts wirklich in der Hand gegen Sie. Vielleicht gibt es eine Lösung. Sie lassen das Mädchen frei und verlagern den Drogenhandel weg von der Schlei. Im Gegenzug versprechen wir, nein schwören wir, alle Ermittlungen gegen Sie einzustellen."

„Ein schlechtes Geschäft."
„Wir geben den Rest Kokain zurück, den wir noch von Ihnen haben."

„Das macht den Kuchen nicht fetter. Auf der anderen Seite müssen wir ein Mädchen, zwei Trottel, einen alten Fettsack und eine Wildsau verschwinden lassen, eleminieren. Das geht auch nicht zum Nulltarif, und es wirft hässliche Fragen auf. Könnten Sie Garantien geben, Kardamom.

Unanfechtbare Garantien, wie wäre es mit den Tagebüchern der letzten 30 Jahre?"
„Sofort, keine Frage," antwortete Kardamom.
„Sie bekämen das Mädchen zurück gegen die Tagebücher und beenden die Ermittlungen.
Wir werden das überlegen. Bewegt euch nicht vom Fleck. Wir entscheiden über euer Schicksal. Wir melden uns."

Kardamoms Finger tanzten, waren nicht mehr zu bremsen, Jakob legte beruhigend die Hand auf seinen Kopf.

Tygbrandson reagierte als erster: „Das Kokain war wirklich echt. Dein Fall bestand in Wirklichkeit aus zwei Fällen: dem Unfall auf dem Campingplatz und dem Drogenschmuggel. Aber niemand droht Tygbrandson. Niemand nennt ihn einen alten Fettsack. Wir laufen aus. Das halte ich nicht aus, hier zu warten. Der Mafia die Initiative zu überlassen. Ich starte die Maschine. Ziel: Flensburg.

„Das weiße Halstuch," sagte Kardamom, „war ihr Verhängnis. Warum nur musste sie es tragen! Wahrscheinlich weibliche Eitelkeit, ein Muttermal an der falschen Stelle ..."
„Nein," antwortete Tygbrandson, „ein Muttermal habe ich nicht auf ihrem Hals gesehen."
„Du hast ihren Hals gesehen!" brüllte Kardamom.
„Was ist dabei," sagte Tygbrandson, „deinen Hals sehe ich doch auch. Sie wollte hier an Bord duschen. Dazu nimmt man normalerweise ein Halstuch ab. Über ihre Halskette habe ich mich allerdings schon gewundert. Aber so sind die jungen Menschen eben. Ihre Halskette besteht aus einem Stück Stacheldraht ..."
„Nein!" sagte Kardamom, „nein. Deshalb trägt sie ein Halstuch darüber. Ich habe Angst. Ich weiß nicht, ob

Bäume wirklich reden können. Auf jeden Fall reden sie mit mir. Es stimmt oft, was sie sagen. Ich will nicht wieder eingesperrt werden ..."

Tygbrandson startete die Maschine der Maximin und ließ sie warmlaufen. Es waren noch 20 Minuten bis zur nächsten Öffnung der Schleibrücke. Kardamom hetzte nach Haus, um sich zu bewaffnen: mit dem neuen Bischofsstab, der das Gehen erleichterte, und dem Zaubernusszweig, der das Denken erleichterte.

Den Tod schlachten

Die Maximin lief mit der Brückenöffnung um viertel vor elf aus und passierte Grauhöft, Maasholm und ein wenig später den Leuchtturm Schleimünde. Das Schleimünder Seegatt auslaufend, setzte Tygbrandson alle verfügbaren Segel. Immer noch wehte es, ein ablandiger harter Südwest harkte das Wasser. Die Maximin folgte der Betonnung, bis sie die Zehn-Meter-Tiefenlinie zu fassen hatte und legte ihren Bug jetzt auf Nordkurs.

„Wir müssen reden," sagte Kardamom, als alle Segel gesetzt waren und die Maximin sich selber nach Norden steuern konnte.

„Ja," antwortete Tygbrandson, „ich vorweg. Tygbrandson will euch sagen, warum er auf einmal sauer ist. Ich bin kein Fettsack. Ich bin ein Genussmensch, anders halte ich das Leben gar nicht aus. Ich bin kein großer Denker, nie gewesen. Denken ist für mich ein Einwand. Ein Einwand gegen das Glück, gegen den Alltag, gegen die Geschenke

des Augenblicks. Vernunft ist für mich ein sinkendes Schiff, hokydoky, und gleichzeitig ein zu scharfes Messer. Beim Denken fügen wir uns immer wieder tiefe Schnittwunden zu. Verbluten beim Denken. Ich bin mehr für das Fließen der Emotionen, fürs Heile sein.
Lulu lässt es bei mir fließen. Gedichte lassen es bei mir fließen, guter Wein, gutes Essen, Segeln, das Meer, reisen. All das tut mir gut. Aber deshalb bin ich noch lange kein Fettsack! So ist das. Mag sein, dass ich stattlich bin, aber kein Fettsack.
Mein Bauch sagt etwas aus: dass Leben wichtiger als Geld ist, Wohlbefinden wichtiger als Macht, Gemütlichkeit wichtiger als Gier. Genuss wichtiger als Prinzipien. Wer meinen Bauch beleidigt, beleidigt meine Werte, dabei hätte ich meine Hand für Kern von der Kairos ins Feuer gelegt."

„Wir müssen jetzt einen klaren Kopf behalten," sagte Kardamom. „Was wollen wir in Flensburg? Wie gehen wir vor?"

Raumschots pflügte die Maximin durch die blaue See einundeinhalb Seemeilen am Oeher Deich entlang, die Badedörfer Kronsgaard und Hasselberg mit ihren steinigen Stränden hinter sich lassend, schräg voraus der ausgediente Leuchtturm Falshöft, der jetzt als Leuchtfeuer für Liebespaare diente, ihnen die Navigation durch die Untiefen und schwierigen Fahrwasser der Ehe erleichtern sollte, wo es keine Lotsen gab, noch nicht einmal verlässliche Seekarten. Die Maximin lief fast Nordkurs, Nordnordwest auf Kegnäs zu.

„Ist doch klar, was wir machen," sagte Tyg, „wir stürmen den Laden von Kern. Er oder wir, das ist doch die

Frage, wenigsten soll er sich für den Fettsack entschuldigen."

„Halt, halt," sagte Kardamom, „er hat das Mädchen. Wir dürfen ihr Leben doch nicht gefährden."

„Doar, kiekt ji sik dat an," sagte Jakob, „dat Tannholt vör de Birk. Doar sind wi inn Sommer hinsegelt mit uns Kahns un hefft de Nacht över op Aal tritzt, jojo. De Arms weern so lang, kunn wi uns de Föt kratzen, ohn uns to bücken. Dann güng dat mit en vulle Quattz Aal torüch. Meist harrn wi ok wat Blankes. Dat wär en Sommervergnögen, jojo."

„Jakob, das ist 50 Jahre her, wir haben jetzt wirklich andere Probleme."

„Kardamom, ich kann keinen klaren Gedanken fassen, ich bin nur voller Wut. Aber du warst doch immer klüger als ich. Sag du, wie wir in Flensburg vorgehen. Ich fühle nur, dass unser Platz in Flensburg ist. Mitten in der Gefahr."

„Ich weiß es doch auch nicht, Tyg. Die Sache ist mir schon lange aus dem Ruder gelaufen. Es gibt eine letzte Rettung. Der kleine Zweig, den ich mitgebracht habe, die Zaubernuss. Weißt du, ich rede viel mit Bäumen. Sie sind klüger als ich. Ich werde die Zaubernuss befragen."

Das Birkriff lag jetzt vor ihnen, und Tygbrandson ging einen Strich nördlicher, das Riff zu runden.

„Mit meiner Schaluppe geh ich übers Riff, es gibt selbst Fischkutter, die es sich trauen," sagte Kardamom, „in der Nähe des Leuchtturms ist es allerdings wirklich flach."

„Uns bleibt keine Wahl mit diesem Tiefgang, als das Feuerschiff zu runden," antwortete Tygbrandson und meinte damit den Leuchturm Kalkgrund am Ende des Birkriffs, einem der gefährlichsten Orte der westlichen Ostsee. Früher hatte hier ein Feuerschiff gelegen.

„Frag den kleinen Zweig, wenn's denn hilft," sagte Tygbrandson.

Die Maximin musste jetzt härter an den Wind. An der Steuerbordseite öffnete sich die Sonderborgbucht mit den Schornsteinen und Brücken Sonderborgs am Horizont, auf der anderen Seite die Geltinger Bucht, der Parkplatz der arbeitslosen Großtankerflotte der achtziger Jahre.

„Kleine Zaubernuss, hilfst du uns?"

„Ja," antwortete ihm das Hamameliszweiglein, „gern. Aber bitte, Kardie, raste nicht gleich wieder aus, wenn du den ersten klaren Gedanken fasst. Zu Ende denken. Du musst zu Ende denken. Nicht gleich beim ersten kleinen Erfolg ausrasten. Füg' doch einfach alles zusammen: Jemand ruft euch an und droht …"
„Ja, Hjalmar Kern oder auch Harvey …"
„Stopp," sagte die Zaubernuss, „eine unzulässige Schlussfolgerung. Jemand ruft an. Jemand mit Kenntnissen. Jemand, der weiß, dass du einen Teddy gefunden hast. Der scheinbar einen Peilsender und ein Mikrofon enthält. Wer weiß davon?"

„Ich, das Mädchen mit dem weißen Halstuch und die Drogenmafia," antwortete Kardamom.
„Weiter," kicherte die Zaubernuss, „wer weiß von deinen Tagebüchern und welchen Wert sie für dich darstellen?"

„Wieder nur die Mafia über das Mikrofon im Teddy und das Mädchen," antwortete Kardamom.
„Wer weiß, dass Tygbrandson, na sagen wir mal, ein wenig mopsig ist?"

„Worüber redet ihr," fragte Tygbrandson.
„Der Zweig fragt, wer über den Umfang deines Bauches Bescheid weiß ..."
„Das weiß die ganze Küste," brummte Gutmund.

„Ich habe einen Zettel am Missunder Ufer gefunden mit der Handynummer von Kern ..."
„Das hat nichts zu bedeuten," wisperte die Zaubernuss, „Kern schreibt sich seine eigene Nummer nicht auf. Die Drogenmafia, wenn es sie gibt, erst recht nicht, da verliert man auch keine Zettel. Es kann sich um einen Tipp zwischen Spaziergängern handeln, wo man ein Elektrogerät billig reparieren lassen kann, wo man günstig einkauft."

„Keine Fährverbindungen mehr von Schleswig-Holstein nach Dänemark, schade, " unterbrach Tygbrandson und schaute zurück in Richtung Gelting-Mole. Langsam verließen sie die Geltinger Bucht. Der Skipper wählte den Kurs südlich des Neukirchengrundes und segelte auf der Zehn-Meter-Linie dicht unter Land, wo Welle und gegenläufiger Strom nicht störten.

„Kommt ihr weiter, du und der Zweig?"
„Hab Geduld."
Gelb leuchtete die dänische Steilküste Broagerlands im Norden und das Waldkliff auf der anderen Seite, an der abgetakelten Neukirchenbrücke ging es an Westerholz vorbei. Langballigau, Angelns kleine Cote d'Azur kam in Sicht.

„Kardamom, denk doch mal nach. Meist folgt der Mensch dem Schein. Das Telefonat zeugt von Kenntnissen, die das Mädchen mit dem weißen Halstuch hat oder die Drogenmafia. Das Mädchen will Jakob schützen. Sie hält ihn für den Mörder der Wilderer in Hülsen. Die Gasdose war aber leer, verrostet. Also braucht er ihren Schutz gar nicht. Das weiß sie nur nicht. Sie weiß aber, dass eine Entführung ein starkes Druckmittel ist, alle Ermittlungen einzustellen. Die Entführung nutzt also ihren Zielen. Die Entführung kann ebenso vorgetäuscht wie echt sein ..."

„Dann hilft ja eine einfache Intervention," sagte Kardamom, „beim nächsten Anruf erzähle ich, dass die Dose leer war, verrostet. Der Mafia wäre das egal. Das Mädchen hingegen könnte dann ihre eigene Entführung aufgeben ..."

„Jipiih," freute sich die Zaubernuss, „du zauberst endlich. Oder es ist wirklich die Drogenmafia, dann haben wir ein Problem und sollten deren Anweisungen folgen."

Es war Lulu, die alle ein großes Stück weiter brachte. Sie hatte in ihrer Kissensuhle im Maschinenluk geschlafen und kam jetzt mit einem kleinen, schäbigen Teddy zurück, den sie wie ein junger Hund vor sich hin und her schleuderte.

„Hokydoky!" rief Tygbrandson.
„Psst," flüsterte Kardamom leise und legte den Finger vor den Mund.

Gutmund lockte Lulu mit einem Stück Schokolade zu sich.
Nahm ihr den Teddy weg.

Gab ihn Kardamom.
Die drei Männer schwiegen.
Kardamom schwitzte.
Vorsichtig legte er das alte Stofftier vor sich auf den Kombüsentisch.
Jakob reichte ihm sein scharfes Taschenmesser.
Kardamom setzte den ersten Schnitt.
Er öffnete die Stoffhaut des Tieres.
Zitternd entnahm er die muffige Holzwolle.
Suchte nach einem Mikrofon, einer Batterie, einem Sender.
Nichts.
Er öffnete die Arme und Beine, den Kopf.
Nichts.
Der ganze muffige alte Teddy war nichts als ein alter muffiger Teddy.

„Du Biest," sagte Tygbrandson, „na warte. Niemand nennt mich ungestraft einen alten Fettsack!"
„Aber sie wollte Jakob schützen," verteidigte Kardamom das Mädchen.
„Wenn ik doot bin, arft se den Hoff, jojo," grunzte Jakob.
„Sie wird ihn nicht haben wollen," antwortete Kardamom, „das Zaubernusszweiglein war übrigens zu einem ähnlichen Ergebnis gekommen, es riet uns beim nächsten Anruf der Entführer die rostige Blechdose im Gespräch zu erwähnen."

Tygbrandson pfiff anerkennend. Unterhalb der geschützten Steilküste vor Bockholm ließ er die Maximin in den Wind schießen und rollte die Vorsegel ein. Der elegante Rumpf verlor an Fahrt und blieb im Wind stehen. Tygbrandson holte eine Flasche Schampus aus dem Kühlschrank, öffnete sie, nahm Gläser mit und ging damit zum

Bug der Maximin. Die anderen folgten ihm, selbst Lulu kam hinterhergeschnüffelt.
„Ich taufe dich um, Schiff. Maximin war der Name eines Jungen, den Stephan George für das ideale Wesen hielt, mit einem idealen Körper. Wert, der neue Kaiser zu sein. Ich aber halte mein kleines Glücksschwein für das ideale Wesen. Vielleicht kann man sagen, dass wir beide nicht die idealen Körperformen haben. Na und? Wir sehen nun mal wie das Leben aus. Ich taufe dich, treues Schiff, jetzt auf den Namen Lulu um," beendete Tygbrandson seine Rede.

Lulu, die junge Wildbache grunzte. Sie fühlte sich im Mittelpunkt des Geschehens. Sie stießen an, die leere Flasche zerschellte am Rumpf, die Lulu fiel ab in den Wind und setzte ihre Fahrt nach dieser kurzen Unterbrechung fort. Zwischen Holnis und Brunsnäs wurde das Fahrwasser eng.

„Früher gab es eine Fähre von Holnis nach Brunsnäs," sagte Tygbrandson, „es muss da auch ein Schloss gegeben haben, Holkenäs."

„Da hat nie ein Schloss gestanden," sagte Kardamom, „und die Fährline hat 1875 den letzten Wagen nach Brunsnäs transportiert, das war vor über 130 Jahren. Brunsnäs ist jetzt nur noch eine Ferienhaussiedlung mit einem maroden Anleger und einem Strandcafé."

„Ach so," sagte Tygbrandson, „und was machen wir drei Hübschen, wenn wir in Flense sind? Ich lade euch zum Bier ein. Dann werden wir das Fräulein suchen."

„Ich glaub, ich weiß, wo sie ist," sagte Professor Kardamom, „bei ihrer Freundin Anna wird sie sein. Sicher rechnet sie nicht damit, dass wir heute abend schon in Flensburg sind. Wir werden sie überraschen."

Die Lulu änderte den Kurs bei Broager Vig, umrundete Holnis mit seinen flachen Sänden, das Holnisriff, über dem die Gicht spritzte. Höllisch eng war das Fahrwasser hier zwischen Dalsgard und Holnisriff. Tygbrandson gab Kommando, die Segel zu bergen und startete die Maschine. Eine Yacht kam ihnen entgegen, ein Zweimaster, unter Genua und Besan. Sie schien mit dem achterlichen Südwest fast zu fliegen. Schnell begegneten sich die beiden Schiffe.

„Sah aus wie die Kairos, aber sie war es nicht, gib mir mal dein Glas", forderte Kardamom Tyg auf. „Bandit, heißt der Zweimaster, muss ein Schwesternschiff der Kairos sein."

Das enge Fahrwasser beanspruchte ihre volle Konzentration. Die Lulu lief jetzt voll gegenan, vorbei an Schausende, den Okseninseln, vorbei am Staatsforst Glücksburg und an Mürwik ging es in den Flensburger Hafen. Still schwammen die Hafenschwäne auf dem glatten Wasser. Sie machten im Museumshafen fest.

„Immer das gleiche Spiel," sagte Tygbrandson, draußen kachelt es, und im Hafen ist es still. Schaut mal da: Schauschwimmen der Schwäne im Hafenbecken."

Kardamoms Handy klingelte. Der Professor stellte auf laut und nahm das Gespräch an.

„Wir haben beschlossen, euch am Leben zu lassen. Kommt mit dem Segelschiff nach Flensburg. Bringt die Tagebücher mit. Im ZOB, im Zentralen Omnibusbahnhof, kommen die Sachen morgen in ein Schließfach. Kardamom, haben Sie diese Anweisung verstanden?“

Kardamom brummte.

„Dann geht ihr in das türkische Café gegenüber der Firma Kern. Unter dem Wandteppich mit dem röhrenden Hirsch befindet sich ein Tisch mit Sofa. Dort klemmt ihr den Schlüssel in die Sofaritze neben der rechten Armlehne, trinkt euren Kaffee und geht wieder.
Ihr wartet auf der Maximin in der Plicht, gut einsehbar von den Hügeln Flensburgs. Wir wollen damit sagen, dass wir den Hafen sehr gut einsehen können. Nichts entgeht uns. Wenn wir die Ware haben, kommt das Mädchen mit dem weißen Halstuch frei. Und jetzt noch einmal zum Sinn des ganzen Unternehmens: Alle Ermittlungen in dieser Sache werden von euch für immer eingestellt!“

„Ja, ja. Eine Frage noch,“ sagte Kardamom, „Woher weiß ich, ob das Mädchen wirklich in Ihrer Gewalt ist? Kann ich mit ihr sprechen?“
„Darauf lassen wir uns nicht ein.“
Dann sagen Sie mir wenigstens, was sich unter ihrem weißen Halstuch befindet.“

Eine kurze Unterbrechung des Gesprächs folgte, ein Stimmengewirr.
„Etwas Hartes, vielleicht eine Kette,“ hörten sie die Antwort nach einer kurzen Unterbrechung.

„Gut,“ sagte Professor Doktor Kardamom, „gut, die Kette aus Stacheldraht. Nun hört mal zu, ihr Kinder. Wir liegen bereits im Flensburger Museumshafen und sind auf dem Weg in die Neustadt. Wir treffen uns gleich im türkischen Café. Ich bringe Jakobs verrostete Gasdosen mit, in denen seit Jahren kein Gas mehr war. Jakob hat also mit dem Unfall in Hülsen nichts zu tun. Und euren Teddy mit dem Peilsender bringen wir auch mit, jedenfalls seine Reste. Das Mädchen mit dem weißen Halstuch darf uns zu einem türkischen Kaffee einladen. Auch eine kleine Entschuldigung wäre nicht schlecht. Bis gleich."

Tygbrandson konnte sich kaum das Lachen verkneifen. Die drei geleiteten Lulu ins warme Maschinenluk und machten sich auf den Weg in die Neustadt, Kardamom mit dem Bischofsstab voraus. Sie überquerten die Hafenstraße am alten Volksbad und gingen in das türkische Café gegenüber des Elektrohauses Kern. Der Tisch unter dem Wandteppich mit dem röhrenden Hirsch war frei, und sie bestellten türkischen Kaffee und Cognac.

Merkwürdig still war es in der Neustadt, als schlagartig schwarzmaskierte Polizisten das Gebäude gegenüber stürmten. Atemlos schauten sie durch die Scheiben des Cafés.
Zugriff!
Die drei staunten mit offenen Mündern, als wiederum das Handy Kardamoms klingelte. Felix, der Autobahnpolizist war dran.
„Du wirst eine Belohnung bekommen für deinen Hinweis, August," sagte er, „wir haben soeben das Zentrum der norddeutschen Drogenmafia ausgehoben."

„Ich weiß," antwortete Kardamom, „und leider ist euch der gute Kern durch die Lappen gegangen. Vielleicht solltet ihr nach einem Zweimaster ausschauen, der Bandit heißt und der sich jetzt ungefähr in der Geltinger Bucht befinden dürfte."

Felix stieß einen bewundernden Pfiff aus: „Das gebe ich sofort an die Wasserschutzpolizei weiter."
„Und ihr solltet nach dem Maulwurf in euren eigenen Reihen suchen, der Kern gewarnt hat. Na, dann weiß ich ja nun, wie ich die Reparatur meines Glühkopfmotors bezahle. Danke, Felix."
„Von der Belohnung kannst du dir wohl eher eine neue Schaluppe bauen lassen, August ..." antwortete Felix.

Die Tür ging auf und das Mädchen im weißen Halstuch trat ein, sich verlegen auf die Lippe beißend.
„Könnt ihr mir verzeihen?" fragte sie schüchtern.

Drei Paar Arme streckten sich nach ihr aus. Das Mädchen stürmte auf ihre Freunde zu.

Draußen brauste von Norden kommend ein Kurierfahrzeug die Neustadt entlang. Im Laderaum dänische Pakete für Norddeutschland, Pakete und ein Brief mit einem Königlichen Dänischen Siegel. Inliegend eine Einladung zum Tee mit der Königin.

Die Schuldwaage

Die Werft in Maasholm hatte Kardamoms Hundestedt repariert, hatte für kleines Geld einige Dichtungen erneuert. Der Glühkopfmotor lief wieder. Tygbrandson war mit seiner Lulu in die dänische Südsee entschwunden. Jakob hatte die Handwerker bei sich zu Hause und Kardamom war unglücklich.
Die Ermittlungen waren abgeschlossen und gleichzeitig hatte er den Fall nicht gelöst. Es waren eine Reihe von

Anfragen bei ihm eingegangen, neue Fälle. Ein Karpfenteichbesitzer an der Schlei verdächtigte ein ganzes Dorf, ihm seine Fische zu rauben, und suchte um Ermittlungen nach. Kardamom hatte abgelehnt. Unmöglich konnte er einen neuen Fall übernehmen, ohne den alten zum Abschluss gebracht zu haben. Nun war er mit seiner Jolle auf dem Weg in die innere Schlei, auf dem Weg zur hohen Kiefer vor der großen Breite und wollte ihr sein Unvermögen beichten.
Ein wundervoller Wind schob ihn den Fjord entlang. Ganz langsam wurde es Sommer an der Schlei.

„Es gibt so viele wunderbare Menschen," sprach Kardamom zu sich, „Marianne, Jakob, Tygbrandson, die Kumpels vom Museumshafen, das Mädchen mit dem weißen Halstuch. Lang noch werde ich mich an sie erinnern."

Seine Jolle glitt an der Liebesinsel vorüber.

„Erinnern," dachte er, „erinnern ist eine der großen Freuden des Alters. Erinnerung ist das, was bleibt. Die Erinnerung gehört uns Alten. Mögen die jungen Menschen aus der Zukunft ihre Erinnerung zimmern."

Und er erinnerte sich an die Segeltörns mit der Jolle. Erinnerte sich an all die guten Begegnungen mit Frauen und Freunden, anderen Menschen, erinnerte sich an Erfolge und Glück.

Kardamom halste vor dem Wind querab der Blondinentonne des Brodersbyer Noores und hielt jetzt auf Missunde zu. Erinnerte sich daran, wie die Untiefentonne zu ihrem Namen gekommen war, als eine kräftige Blondine am Ruder eines holländischen Plattbodenschiffes das

Noor für das Schleifahrwasser hielt. Wie sie wild das Ruder zurück kurbelte, als sie ihren Irrtum bemerkte.

„Aber manches möchte ich auch vergessen," dachte er, „in uns Menschen ist so viel Leid. Kann das Leid nicht zu Weisheit gelieren? Platz machen für neue Erfahrungen? Ich will altem Leid nicht ständig als Schuld begegnen. Schuld ist keine Weisheit."

Vor der hohen Kiefer am Eingang zur großen Breite warf er Anker. Lange blickte er zu ihr hinauf. Nahm den Bischofsstab und zog die Ermittlungstasche zu sich heran. Griff nach dem Mahagonikasten, leerte die Schuldgewichte in seine Hand und warf sie ins Wasser der Schlei.

„Verehrte Wächterin der Großen Breite," rief er zur Kiefer hinauf, „ich bin ein miserabler Ermittler. Ich kann deine Frage nicht beantworten: wie heißen die beiden Arme der Schuldwaage? Schuld und Unschuld heißen sie jedenfalls nicht."
Er nahm die Schuldwaage und hängte die Waagschalen ab. Warf alle Teile einzeln über Bord. Trennte sich von seinem wertvollsten Besitz.
„Erinnern und Vergessen bekommen meiner Seele besser, ich danke dir für deine Hilfe, hohe Kiefer."

Die Kiefer antwortete nicht. Nach einer Weile aber hörte Professor Kardamom es sirren. Ein Schwan kam vom Wald her über das Kliff geflogen, rundete seine Jolle und landete neben ihm. Kardamom tanzte vor Freude auf den Bodenbrettern seiner Jolle.

„Ich danke dir, du Wächterin der Breite. Du meinst, ich kann doch vor deinen Augen bestehen? Du schenkst mir einen Wunsch? Es ist doch klar, was ich mir wünsche. Ich möchte sie kennen lernen. Wenn es sie gibt, würde ich sie so gerne kennen lernen. Aber wie sollte das sein? Oh, wenn sie doch gäbe!“

Froh den Fall jetzt wirklich gelöst zu haben, befreit von zu viel Schuld und Unschuld, wärmte Kardamom den Glühkopf des Hundestedts, startete die Maschine und machte sich auf den Weg zu seinem Bruder Jakob, mit dem er zum Kaffee verabredet war.